沐溪 —著

Mu Xi

Works

# 人生只差好好静度时光

把风雅还给生活
To spend a good time

Wuhan University Press
武汉大学出版社

**图书在版编目(CIP)数据**

人生只差好好静度时光 / 沐溪著. —武汉：武汉大学出版社，
2016.3（2019.8 印）

ISBN 978-7-307-17412-2

Ⅰ.人… Ⅱ.沐… Ⅲ.随笔－作品集－中国－当代 Ⅳ.I267.1

中国版本图书馆CIP数据核字(2016)第021814号

责任编辑：安斯娜　　　责任校对：叶青梧　　　版式设计：刘丽霞

出版发行：武汉大学出版社　　（430072　武昌　珞珈山）

（电子邮　：cbs22@whu.edu.cn 网址：www.wdp.com.cn）

印刷：阳谷毕升印务有限公司

开本：880×1230　1/32　　印张：9　　　字数：180千字

版次：2016年3月第1版　　2019年8月第2次印刷

ISBN 978-7-307-17412-2　　定价：45.00元

# 做光阴的拾荒者

by／顾素玄

初识沐溪的时候，我就知道她是一个纯粹的人。

后来渐渐熟悉起来，我俩聊天打趣，几乎无话不谈，亲昵得丝毫不像素未谋面，这个最初的印象依然没有变过：她对人对事自有一番好意在心头，不会故作热情，也不会冷漠疏远，言语间没有试探，不怀揣更多的目的，认真，又随性。

但我说的纯粹，转换成她自己的语言，大抵应是"笨拙"。

她说她总是太过笨拙。

这样的话让我想起蹒跚学步的孩子。不是最聪明最耀眼学什么都最快的那一个，是有些缓慢，有些不稳，但一步步脚踏实地走来还是能找到自己的路的孩子。

我们中的大多数，可能都没有荣幸地成为最聪明的孩子，只能在自己的小世界里笨拙地跌跌撞撞，然后为撞见的一丝阳光一缕美好忍不住心生欢喜。可难道不正是因为世界太小，动作太慢，才会只需简单一束光就可以把整个世界都点亮吗？

沐溪喜欢做的，便是把散落在光阴里的这些细碎美好一点一点地收拾起来，汇集成晴和日暖，可以晾晒低沉乏味的心情。她对生活的美好也的确表现"笨拙"，凭着自己的喜好投入心力去爱，对拥有的，小心翼翼倍加珍惜。

她养绿萝在家中，时不时会给我发来照片，若是长势蕃茂，她就会藏了自豪感在言辞间，让人觉得养绿萝这件事，是有关生死的大事。可是她爱它，又不是砸了金银的溺爱，甚至养它的瓶都不是去市场上正经挑选出来的花瓶，而只是把用完了的化妆瓶留给它。可是这个细节，每每让我觉得，这份小小的，对植物的爱，是那么真实，那么花尽心思。瓶子我看过，光滑清白，线条没有一丝凛冽，全是柔润，像极了她的心。

当然，低落消沉的时日也不是没有过，可她仿佛有种莫名的力量在身体里，前一日还在向你大肆倾诉落败如丧家犬的情绪，第二天就能叽叽喳喳唠叨变化的天气，细数吃到的美食。哪怕只是在家中下一碗面——下面也会告诉你，因为在她看来那就是她认可的丰富多彩、满足至极的人生。

村上春树的随笔里提到过一个词：小确幸。意指微小而确切的幸福。这个词其实也带着一点笨拙的感觉，是平凡的人在平凡的俗世才会感知到的心情。沐溪去看这世界，是存了"小确幸"在心里的。哪怕她说出的话语轻柔而温和，有时可能还会有些浅淡的忧伤浮了一层在面上，但你能看到，支撑她说这些话做这些事的，始终是她心中未曾动摇的爱意与感激。

因着这爱意与感激，她的文字，不是用力的，也不逼仄，带着质问。如同找到川流不息的街道旁一家不起眼的小花店，你随时推门随时入，给你一晌安宁。

于是，你坐在她的花店里，闲看窗外熙来攘往、人事繁杂，给心留了一寸地，安放她的花香。最细微的小物，最不起眼的诗句，最深入的情感，她都用她那敏感的小小触角探知出来了，盛放于你面前，细致到无须你多费思量。

生活中的细节与感动，毫无疑问，每个人都曾有过，只是有人更善于对待，善于把它拆分成好几个慢镜头，在幕布上一遍遍地播，然后把定格成的每一帧画面都寄存在回忆里，等到再忆起时就变成了自己的独家记忆。

沐溪的独家记忆是她的，也是你我的。我们都能在其中找到一个相似的影子，哪怕事有异同，有些心情与心愿总是类似。生活其实没有想象中的那么跌宕起伏，更多时候，它只是平静一湖水，唯一不同的，或许只是鉴照于其中的你我的样子。你是素白的，湖水里便漂满云朵；你是绚烂的，湖水中便投映霞光。

但云朵是好，霞光亦是好。它只是人生的一种喜好，一个选择。总会有人追求于汲汲骏骏的生活，也总会有人就愿意虚度时光。我相信第一眼或第一句话的感觉，就像依凭着这感觉，我和沐溪成为了朋友。每个人的心都有一片海，如果嗅到同类，心底就会溅起欢喜的浪，生发出随着这条海岸线一直走下去的愿望来。

我和她通过谈话识别对方，而她写下这些文字，何尝不是另一场露天的谈话。只不过五湖四海，天地更为广阔。但本质是不变的——那些清幽而深远的香气漫散在字里行间，是一颗灵魂的坦诚，等待一个来嗅的人。

# 去温柔，去细水长流

我有时候也会问自己，我到底是个什么样的人？敏感、笨拙、不够乐观……这些词语怎么都没办法把一个人塑造成言笑晏晏的好模样。可换一个方向，在这些描述的背面，又是另一番天地：略微敏感的性子总是能让人发现细枝末节的纹理，一圈圈荡漾开来，总能淘到一些好宝贝；虽然笨拙却活得踏实认真，走完每一步，都要看看脚印是否踩得稳妥，从而使好景致入眼的同时也入了心；纵然不够乐观，也不缺乏热情，对待这个世界，总是乐呵呵。

是这两年，我才慢慢学会揭开了这个背面，开始知道喜欢自己。之前的许多年，更像是秤砣，在不够有能力负重的年龄，偏要往身上加码。大概很多人都会有这样的想法，希望自己活得耀眼一点，不囿于生活，不困于世情。

然而，在我们很年轻的时候，这与其说是向往，更像是空谈。你想要耀眼，就总要为自己寻找一些光环，罩在身上，这个追寻之路，从来都漫长。

对于大多数普通人，大抵如此。

可是没关系啊，只要你喜欢，自然愿意去追。只是在追的过程中，需要给自己一个平衡点，让人向往着日月，还能踩着星星一路欢喜下去。

这样，你会发现，世界很大，你追得有点累，可又很美，你舍不得不去追。

我的平衡点就是我无处不在的小欢喜，随便捞起来一个就足够在黑暗里点亮一盏灯。哪怕还不够耀眼，却总有灯光打过来。

冬天暖阳普照的时候，我喜欢坐在公园的长椅上看人。有老人眯着眼睛听戏，播放器的声音很大，却不觉得吵。有小孩子拿着羽毛球拍晃晃悠悠地发球，掉在地上，重新捡起，乐此不疲。也有极具流浪气质的大叔，抱着吉他弹唱着老到让人心安的民谣。

处在放松状态下的人，没有戾气，总让人格外留意。

夏天傍晚余热未散尽的时候，会步行很远的路，为着去吃某家小店的特色冷饮，隔着窗户看街景，有姑娘在路边拦出租车，风过处，头发盖过前额，还能窥到好看的眉眼。

无意间的留恋，漫无边际，总让人坦荡荡地舒服。

也有些欢喜是别人投递过来的，伸手捧住，满是谢意，却在对方的眼睛里看到剔透的暖，所有能出口的话都在那样的漂亮里失了气息。因为这些善意的存在，让我无数次感动于这个世界的慷慨。或许你也遭遇过它的不公，可这些微小的力量，让你对它有了更多的宽容。

把暖给了别人，别人又给了别人，温暖便流通于世。

这本书，想要传递的就是这样低微的、平和的，甚至可以说是青涩的人和事，它们对我来说是生活的胶片。在每一个我提不起来气力的行程里，我发现了它们，也被它们感染。我们围坐在一起，打造出的画面一幕又一幕。

没有喧闹，微笑和叹息都不发声。

也正因此，使得书中的内容显得私人化。更像是偏安一隅，低吟浅唱。可谁又能说偏安一隅就不会蓬勃生长，低吟浅唱就不会等到驻足听曲的人呢。

在私人化的物语里读到属于自己的情绪，这是我常遇到的事，也希望带给不同的人。某一刻的情绪碰撞，我们都呆立片刻，相视一笑，就懂得了其中的意味。

惭愧的是，这意味尚不够深远。纵然写作是我多年的欢喜，一直以来，如孩童般怀着赤忱，半分未曾想过丢弃。可在文字面前，我依旧很低很低。

书写的这些文字还很浅薄，可我总想，未来还有十年、二十年，去用心，用力，即使现在写得不好，总有一天，会变得好一点吧。至于我年轻的生命里，想要把看过的东西梳理一番，等到老去相逢，面对这些稚气，还能傻笑一番，与之相认。

纵它来时浮光掠影一现，我亦视如珍贝。

而这些微物和遇见里的悸动，只能放在如今写，才不过分矫情。

姑且算作我的执拗。

我小心翼翼地把我的世界剖开给你看。若能让你摒弃了浅薄，看到细碎的真诚，哪怕只有丝丝缕缕，于我而言，就是对这些年坚持的肯定，就是这本书的意义。

廖一梅的《像我这样笨拙地活》里面有句话，我一直记着：悲观主义不是情绪，是你对世界的基本认知和态度，我不是一个死气沉沉、郁郁寡欢的人，我是一个乐呵呵的悲观主义者。乐呵呵的悲观主义者，我极其喜欢这个定义。若能这样一直笨拙地、乐呵呵地活着，未尝不是幸福。

老去的时候，还可以在墓志铭上写：她认真活过这一生。

写下这些时，帘外秋雨正潺潺，正是，世事大梦一场，人生几度新凉。

To

spend

a

good

time

人生只差
好好静度时光

# 目录
CONTENTS

【第一章】

所有好的一切，与人生静处

【第二章】
心中繁华，哪里都有故事

【第三章】

万物有灵且美

【第四章】

你来我往，随遇而安

【第五章】

你所遇见的事，皆是因你而来

To

spend

a

good

time

人生只差
好好静度时光

所有好的一切，
与人生静处

岁月不会说话，人会。

时间不会作答，心会。

往事风流，眼底落花。

每一次遇见，

都会认真地说一句：你好啊。

那么多的"你好"，

呼唤着人生，归于静处，

欢喜的，是每一程。

# 清
# 和

从花卉市场抱回一大捧紫色勿忘我，卖花的小姑娘语气讨喜，静悠悠地说，春天适合买花看花。我笑称，最好住进花丛里，做花痴。

两个人因这场对话，乐得开怀。

周遭行人如织，头顶树叶的影子落下来和人影纠缠在一起，从从容容的，生成一幅画，端然的好景致。有时，会在午间出去，就为了看看这叶脉人影，当然还有车辆，无论哪个时间点，都在路上悠悠然地行驶着。远的是过往，近的就是眼前这活泼泼的世界。

也喜欢下雨天，能偷懒在家看书睡觉最好。躲在屋子里哪怕听风吹窗棂都觉安然，手中的书翻了一页又一页，雨滴银线似的打下来，不用抬头看，就能嗅到那味道。如果这时候，有人可等，想必也是安宁的。也学张爱玲，听雨声潺潺，像住溪边，宁愿天天下雨，以为那人是因为下雨才不来。

**欢喜有味道，欢心有情谊，取悦旁人太难，取悦自己却容易。**这是年纪大了才渐渐明白的道理。

泡了新买的茉莉花茶，冲下去，香气清淡。晚上写稿子写到神思困乏的时候，一口口咽下去，一切似乎都顺畅了起来，莫名地又有气力去应对外界的嘈杂纷扰。

当你知道你并不能把任何事情都妥帖地安放在掌心的时候，就慢慢地学会了妥协。这并不是坏事，而是需要我们持久去练习的事情。经历了旁人带来的苦楚，环境带来的困惑，渐渐地才能学会对付自己的情绪。对旁人好的同时，最重要的是对自己好。

毕竟，这世间，只有一个你。哪怕收拢在掌心的这部分，是微苦的，也能试着去化解。

从前也养过花儿，紫竹梅，花瓣小小的，晶莹透亮，一朵朵衬着紫色的叶就像郑重的小逗点，安静又迷人。养的时候惬意非凡，但最终还是没能度过难挨的冬天。彼时，一个人住在城郊租住的小房间里，没有暖气。推窗而来，都是凉意。原本想要养一些植物，陪着过冬，最终却是埋葬了它们。好比一个处在孤独深处的人，以为从旁拉上一个路人，总比没有伴侣好。却罔顾了环境的适应性，也许会是孤独之上叠着孤独。于是，还是买花的次数比较多，倒也成就了买花时的种种遇见，抑或说是心思宁和的时候，能感受到的事物就比较多。

想起《枕草子》里说道，如果我知道你是听子规夜啼去了，我即便是不能同行，也让我的心随你们去吧。就当作听了一场子规夜啼吧，花、影、茶，是为清和。

# 素绚

《论语·八佾》里有这样一段对话："子夏问曰：'巧笑倩兮，美目盼兮，素以为绚兮'。何谓也？子曰：'绘事后素。'"简而言之，就是先要有白色底子，才能在上面作画。

一直觉得这样的意味极美，有了纯净的底色，才能挥毫成就色彩。类似于感情的酝酿发酵前要以赤诚相交为前提，人生的浑厚起伏要以平和温顺打底。

一切都是不张牙舞爪的，一切又都是安于平淡的。后来，翻到百度百科里有词条"以素为绚"，愣时有一种寂静的释然，想想"素"又未必不是"绚"呢，"清水出芙蓉，天然去雕饰"不就是这样吗？

我常常对于自己痴迷的物件，哪怕是一个词，都总能生出无限遐想。为此，觉得这世间合该有这样一种花，取名叫"素绚"，不要开得热烈，过分姹紫嫣红，也不要开得孤寂，只落得凄凄的名。没办法，对于自己的喜欢，总有贪恋。甚至于还为这种想法，查找了各种花木资料，到底也没找到。

也并没有过多失望，得不到的长在心里也未尝不可，即使慢慢散去，也留有痕迹，因为当初的念想是温柔的，那痕迹也必是清浅的。

这是我一贯的态度。

堂姐家的小女儿倒是取名叫"素绚"，女儿出生后，她花费很多心思想的名字。每次看到小小女童玩耍的样子，面容洁净，眼神无害，恍然就会希望时光倒流，你、我、他，所有的人都有原始的心态，温良又多情，可爱又天真。想想那画面可能也够呛，弄不好就是一场灾难，所有的大人都成了孩子，那谁来担当大人的角色呢？但看着乌糟糟世界里，唯有孩子配得起那样的纯真，总归是有点不够奢侈，就想着要更多一点，深陷其中，看十里春风，言笑晏晏。

在我把日子过得极为漫长的时候，我总希望时间能快一点，再快一点。把一切的坏情绪都寄托于时间交替，像人体内的血液清空那样，注入新的血液，幻想着能够焕然一新，疲惫、焦虑，所有不好的一切都能被消除。于是，做很多的事情，让自己精力充沛起来，时刻都像拥有超能量一样，去弹跳，去用力。

可试验后，发现并不起作用，依然会在半夜失眠。起床喝水的时候，看到外面挣扎着想要睁开眼的天空，感慨它总是比人醒得要早。突然意识到，有些无奈，就像自然规律，你需要去顺应它，跟着它的脚步走。

在试着不过度用力之后，我最爱做的事情，就是窝在外面，随便找一处能晒太阳的地方，抱本书，翻不了几页，看人、看景，脑海空荡荡，哪怕是前面刚看过的句子，后面就不记得了，也不去惧怕。在有遗忘的地方，重新捡起来，哪怕一直记不得也没关系，没有什么是要求必须记得的，必须争夺的。能体味的快乐，已经莫大了。

**我发现，接受自己的随遇而安比强迫自己去奋力追击要让人顺心得多。于是，活着，并且不再责怪生活，成了常态。**

也许下一刻会对人生有新的定义，但眼下，这是我想要的。读到黎戈的新书《各自爱》里的一句话，她说，平淡的生活更足以滋养笔底波澜。素以为绚，其实是素以养绚。

想来，就是这样，平静才能愉悦，心素才能养绚。

# 送
# 别

和一个相交不久的朋友约了去听讲座，结束之后，天色已晚。本来要告别，她突然说：我陪你坐公交车吧，等你坐到中转站，我再回去。

因为之前两个人一直待在一个需要安静的空间里各自坐着，并没有合适的聊天机会，晚间还要赶回去，似乎这是最恰当的时间段。但还是觉得有点惊讶，成年人之间的告别好像无须这么黏腻，尤其是在一个人独自生活了这么久之后，突然不知道该怎么适应别人给予你的细节上的珍视。我抬头看她，不知道脸上是什么神情，但心是软的，我知道。

在坚硬的壳里待了太久，别人在外面敲一下，递过来一份热烈阳光，那一瞬，总要晃一下眼。后来也并没有多待太长时间，也仅是几站地的距离，车上人多，我扶着栏杆，她拽着吊环，还能时不时地窃窃私语。她说下次要带本书给我，我说着稿子写到哪卡了壳，两个人费劲地歪着脑袋，尽力地压低着声音，像幼时耳鬓厮磨的小伙伴，十几分钟的车程，一路都是默契。那是我最不孤单的一小段行程。

没有即刻就分道而行，没有选择在嘈杂的地方吃顿告别饭，不紧不慢地走出几分欢喜。鲜少有人，有心情送给别人一份离别的契合。

**送别这词太伤感，要送出人情味才觉得遗憾没有那么满。**哪怕景再美，走过长亭外，古道边，笛声也是残的。

倘若撇不清这遗憾，那就不要说再见好了。

某一年，和默默喜欢了很久的男孩子在一个岔路口告别。他匆匆而过，在路的另一边，我还来不及挥手，就被一辆辆车影隔开。

没有告白，也没有告别，手伸了一半，僵在半空中。旋即落下，没有定格。谁都没有。那是一个坚定地认为遗憾没有起点就没有终点的年纪，也就固执地认为自己是对的，并不觉得难过。

**然而，最无望的离别是没有机会送别。**

姥爷是出意外去世的，没给我任何一眼可以跟他对视的机会。我渴望他能用鲜活的气息跟我说一句告别的话，哪怕只是一句惯有的嘱咐。我渴望他能叫一声我的名字，我总觉得他即便要离开，也会摸摸我的脑袋说，不要哭啊，我去去就回来。我也就会乖乖地站在原地等着他，任凭他离开一小会儿，就一小会儿，我知道，他会带回我喜欢吃的小零食。他总是那样，所以我只要相信他就行了。

可这一次，他什么也没有带给我。还选择了偷偷地走，把我留在了原地，任凭我怎么哭闹，都不发一言。

后来我累了，不再跟他发脾气了，有一天他来到我梦里，我看不清他的脸，但就是知道一定是他。在梦里他试图抓我的手，我把手递过去，可就是触不到彼此，他站在远远的地方望着我，张了张嘴，像要跟我说话，可周围明明那么空，我却听不到一点声音。我用力地往前凑，想要听听他发出的声音，可什么都听不到。那一晚，我猝然惊醒。

从此，他再没入过我的梦。无论我怎么想念他，都没有。

我把梦境讲给妈妈听，她叹口气，也许是来跟你告别吧，从小到大，他都那么疼你。

我没有再说话，也不敢再流泪。乡下的风俗里，人走了之后，如果亲人对他的牵挂太浓烈，他就会频频回头，走得也不安稳。

他不回来了，那就让他安心地离开好了。

直到那一年高考过后，外婆突然给了我一沓钱。她说，你姥爷生前给你攒下的，一直念叨着，等你考上大学了给你作学费。

我看着外婆，哭得不知所以。

他还是带了东西给我，哪怕这是最后一次，哪怕他就要不告而别。可欠下的那一场送别要怎么办？

就这样欠着吧，一直欠着吧。风里都是叹息，声音迅疾。我不能看着他离开，可他能看着我远行。这也是一种别离，温情又冷酷，盛大却没有声势。

别离曲，最怕是终局。

# 置莲怀袖中

路边有人卖莲蓬，买了两枝揣回去。

那情形，真有乐府诗里"置莲怀袖中"的感觉。

不喜欢味苦的食物，一个人住，从来想不起买这些，也无从下手。从网上找了食谱，一点点照着做，剥去绿色的外皮，撕去白肉外表的一层薄膜，沿着莲蓬子的一端把它分成两半，中间绿色的小芽被我挑出来，晒干了泡茶，败这夏日火。莲心和着冰糖一起煮。看莲子在沸水里浮沉，有一瞬，心无旁骛。

因为靠近菜市场，能听到各色嘈杂的声音，小贩的叫卖声热烈，邻里寒暄听不清，似乎也亲切。对面人家阳台上的绿萝垂着叶子，依然端庄严肃。在这样热烈的当口更有种闹中取静的意味，清寂得留不出空隙。

忽有斯人可想，就是这样涌上心头。早上起床时突然窜入脑海里的一句诗词或者夜深时翻来覆去难成眠的心思，都是在最安静的氛围里生发出来的。

适应宁静，却不是时时都能面对它。越是柔软的东西越容易让人无所遁形。避不开，索性痛痛快快地接纳。

曾经教过我们古代文学的老师极喜欢《西洲曲》，课上讲解过多次，总是优柔又情深的语调，配她纤细的身形，真像是要把思与忆都吹向西洲。

时间久了，已想不起她的容貌。唯记得她爱穿宽大的棉麻裙，裁剪大多简单，颜色也都偏暗，以墨绿色居多。我们私下讨论过这些裙子大概是老师自己做的，唯她穿上别有韵致，换了旁人定也驾驭不来。

总有一些风格是私人化的，间或类同，也会有细微的偏差。你控制它久了，就成了专属标签。人也一样，找寻自己，发现自己，也是一个定位的过程。

为自己定位，在复杂的世界里开辟出特色。可以不漂亮，没有斐然的才华，只要有这么一份独特，也不乏可爱。

可惜有时这独特总不能如你所愿。

我想让自己如水一样，结果火急火燎地绕了一圈，淋了一身汗，把水撇在了后头。

　　我不喜欢味苦的东西，不是因为怕苦，只是知道，外界会在你并不需要的时候强加给你苦，而甜不同，总是要你自己去寻，也不一定寻得到。

　　莲子青青，万物都是刚刚开始的样子。

　　**洁净给你，傲然给你，其他的，自己去寻。**
　　**只这一刻，让我快活。**

# 内置

你的包里通常会装什么东西？在一本杂志上看到这样的话题。想了想，固定的几样东西，近十年来一直没变过，记事本、中性笔、创可贴。

记事本是因为有写字的习惯，有时候脑海里突然会闪过一个片段，必须在短时间内记下来才不会忘掉。或许并不是什么有价值的东西，但那瞬间的火花，会让人感到特别。

无处打发的空闲，等人的时候，路边发呆的时候。我并不知道会冒出什么样的古怪念头，但我喜欢记录这些古怪。

在我还没有随身带着记事本的习惯时，我用纸巾写过字。随便扒拉出来一张，写写画画，不成形的卡通人物，两三句歌词，蒙蒙眬眬的内心独白。年纪小的时候，做这些事情总不觉矫情，反倒有滋有味。

记事本和中性笔是标配，它的到来要比中性笔晚。

这习惯来自我爸爸，他的衬衣口袋里总是装着一支笔，直挺挺地竖在那里。即便是一支廉价的钢笔，他依然能够用它写出潇洒的字。有次，随他外出，遇到要用笔记录的事情，不凑巧的是，他忘记带了。伸手问我要，我摇头。

爸爸叹气，学生出门怎么能不带笔呢。

从此就记下了，再不曾忘。对一个人的敬畏和崇拜会让你不自觉地以他为目标，并不是性格上的靠拢，只是单纯地想要掌握他拥有的技能。

并非所有的父女都能维持一种亲和关系，我跟他之间的状态，更像是学生和老师。他教，我学，虽然只学会了些皮毛，但我努力装扮自己，怕给他丢脸。

他教给我的习惯，我一直带在身上，久了就像信仰。

随身带创可贴的习惯，想想倒有几分好笑。当年偷偷喜欢的男孩子，打球的时候擦伤了胳膊。当时特别后悔的事就是手边没有创可贴，不能第一时间冲到他身边。心里明了只是不起眼的小伤，并且也亲眼目睹他去医务室处理伤口。但隐隐觉得错过了一个可以靠近他的机会。纵然心下了然，就算有这样的机会，也不一定能靠近。

**但心有旁骛的时候，总当自己会有所不同。**

后来，都不记得当年为什么会喜欢他。但这习惯却保留了下来，不见得是为了谁，只是日常的必需品，有备无患。时不时地也能用上。和朋友逛街，她的高跟鞋磨破了脚跟，我随手从包包夹层里翻出来递给她，还被大赞。即便受伤的机会不多，备着就像是为自己留了一个退缩的空间。

十几岁的时候开始喜欢看书，买包的时候，最小也必须能容纳下一本书。用零散的时间去阅读，拼凑起来，逐渐也能发展成小规模。

二十岁的时候，不再喜欢花花绿绿的饮料。包里开始装着有温水的小型杯子。

再往后一点，变得越来越细心，时不时塞一些能派上用场的小物什在包里。看似在不停地增重，其实挑选出来的都是随着年龄增长而不可或缺的。

在这样的重量里，逐渐觉得安稳。

你收获的，不一定是旁人能看得清的。但你知道，内里和包包一样，要为它置办必需品。让它和你融为一体，你才能看清到底需要什么。

# 美
# 人
# 不
# 老

**美人迟暮未必就是老，遵循自然的常态未必就是单调。**

大学时教礼仪的老师最常说的一句话是：女孩子，能年轻就不要老。二十岁有二十岁的娇俏，四十岁有四十岁的优雅，在能够扮嫩的年纪就不要过分着急地往成熟堆里挤，总有一天你会走到适宜成熟的时节，但二十岁的甜美只有那一季。

有时候，跟着规律走，走的就是独一无二的频道。

年少的时候负责青春，年长的时候负责修炼内心，年老的时候负责优雅，用一辈子的时间来负责美丽。尾随着时间的针脚，细细密密地牵引，不差分毫，也不过分逾越，如此就好。怕就怕在需要修炼内心的年纪只顾着追逐外在动人，年老的时候换不来优雅；更怕还未年老，就不再动人。打乱了的节奏，很难再捋顺。

被誉为超模奶奶的卡门·戴尔·奥利菲斯（Carmen Dell orefice），银发晃动，红唇恣肆，眼神里的俏皮一览无余，美得让人看不出年龄。她曾经是《Vogue》最年轻的封面女郎，如今八十多岁依旧是T台上最靓丽的模特，媒体称赞岁月带不走她的优雅，时间也拿她无可奈何。翻看她的照片时，禁不住想这样子被时间静止的女人，该是不会低头的，哪怕风霜紧逼，也要整洁从容，不失气度。Carmen Dell orefice的经历也不是平整无波的，少女时代就开始做人体模特，挣钱为母亲交房租，资助颠沛流离的父亲，以及供自己读书。

一个强大的女子，不会因时间的砥砺而低头，只会在岁月的沟壑里更加精致。或者说，这世界上原本就有一种美人是从来不低头的。她们用眼睛来记住世界的宽广，用面容来描摹岁月的幽深，用心灵来记录脚底的道路，灵动地活着才能时时刻刻美着。

最无情的就是在还美着的年龄，却已经不动人了。活力、张力、灵力，都还给了这个世界，还一味地抱怨着外界的压力太大。

在家门口的一个店里买衣服，导购是一位二十来岁的女孩子，进店的时候就发现她长得很美，长发柔顺，身形适中，一张脸清秀耐看。可不到一会儿，印象分就打了折扣。店里的客人并不多，她却总是带着一副疏于招呼的脸，自顾自地站在那里，宛若神游太虚。我挑了件裙子，结账的时候，她突然开口问我，你是做什么工作的？这样唐突的语气，我本想不予回答，可那一刻她的眼睛里又带着几簇小火花，噼里啪啦的，燃烧的都是年轻女孩子迸发的激情，既清澈又明朗。我愣怔了下，才回答她。得到答案后，她一脸艳羡地说，你们这一类文化人的工作，工资高，还轻松。我现在真想换个工作，却又不知我能做什么？

我反问她，你想做什么呢？她吞吞吐吐半天才说，有点想做文员，可是念书的时候没学到东西，什么都不会，再说工资也不高。她微微低了下头，眼眸低垂，似是烦恼，又有点无力。我并不善于跟陌生人聊天，但那一瞬不知怎的好像有许多话要说，我告诉她我们公司的前台待遇也不错，要求并不高，只需会一些基本的办公软件就够了。我话音未落，她就拼命摇头，不行啦，我不擅长学习的。她自己又罗列出一些感兴趣的工作，然后立刻就用不擅长学习来否定掉。

我看着她带着那种茫然的眼神站在那里，恍惚觉得美还是美的，可也仅仅是美着罢了，并不动人。店里的另一个导购，年龄和她差不多，脸上带着软乎乎的笑容，在招呼着新来的客人。她还站在那里，仿佛要经历点时间，才能走出来。

我们有许多个开始，也有许多个结束，有人一辈子都没结束过，有人还没开始就结束了。美人可以永远不老，美丽却只是一个阶段的美丽而已。

# 棱角

　　不喜欢一切棱角分明有攻击性的人或事，过了爱追逐特立独行的年纪，能把一切平和化是最大的愉悦安宁。

　　倒也不是不争不抢，只是懂得了权衡这个词的意义，什么不重要，什么可舍弃，已经能够全然地理清顺序。况且，真正需要的东西，其实很少，从来也不需要你煞费苦心。

　　见过刚刚大学毕业的女孩子，眼神里的青涩明明还褪得不够干脆，就已经尝试着颤颤巍巍地营造一股杀气。

　　耍了三分心机，用了七分力气，却因布下的网不够细密，被窥破，在大环境里还未站稳脚跟，已无法立足。

　　她辞职的时候，有同事感慨，还是太嫩。

　　我心里想的却是，还好尚存着稚气，否则人生这么长，岂不是刚刚开始就要拼了命地冲锋陷阵，宛若没有童年的孩子，未来得及天真，已经成熟，生命里没有过渡段。

见过总爱扯着嗓子大喊大叫，企图用气势压倒别人的人。等到嗓子哑了，开不了口，依旧不堪一击。最无奈的是面对一个没有道理可讲的人，迎上去完全没有意义。这是最不可爱的棱角，丝毫和个性鲜明扯不上关系。

有些棱角称得上是可爱的戾气，不伤及他人的我行我素在我看来也是一种纯净，可惜大多数人都把握不好这个度，弄不好就要跟自私扯上关系。

有些棱角是软的，像触角一样。性子倔强又不凌冽，喜欢给自己凿个洞住进去。不服输不懂圆滑，极具有原则性，轻易不能让人碰触。接触之后，会发现这种棱角不是尖的，其实是内里柔和，非要靠了全副武装。有些棱角是硬的，像石头，挡在路上，要做旁人的绊脚石，撞得别人头破血流来为自己的道路添料。

身边有许多软棱角，它们是三角形的，有最稳固的形态，深入接触，融入其中后，都会不自觉地卸下铠甲，内里其实鲜红柔软。

偶尔也会碰到硬棱角，躲不开的时候迎上去，并非每一次都能化解，撞的次数多了，自己也就坚硬了，可充其量也就只能做个软棱角。

只是这样时间久了，就忘了，每个人最初都是没有棱角，柔软一团的。

# 等清晨

对于一个失眠症患者来说，等清晨的机会可能比较多。而我不是，只是间歇性地出现那么一两次。乐观地接受这种调味，不急着回到黑夜的怀抱，不睡觉也有不睡觉的好处，时间突然加倍。用这多出来的一部分，可以放肆地任性一把。

人在黑夜里总是忍不住放松下来，有很多外放的情绪，但又是秘而不宣的，你知道它溢出来了，但是只属于你自己。

也问过自己，当我失眠的时候，我在想什么。其实只是浅薄的生活。在有规律的日子里待了太久，偶尔也盼着潦草行事。

外面下暴雨的夜里，电闪雷鸣。腻在沙发上看一部老电影，《这个杀手不太冷》。有些电影的魅力就是，你知道它的好，可总也不敢再看第二遍，只怕掌控不住思绪如潮。也不太喜欢那样的情愫，沙漏般落下来，又收不回去，像是在跟自己闹别扭。

雨声大过了电影的对白，玛蒂尔达被父亲殴打之后，在楼梯口，莱昂借给她手帕擦鼻血。她问：人生总是这般痛苦，还是只是在童年的时候？莱昂答：总是这样苦。

多么有阴影的对白。偏偏又那么无可挑剔。

雨声又大了一点。**从前并不喜欢这样号啕无节制的雨，像是闹脾气的大人，闹得太久，把旁人都搅和累了。曲终人散后，谁也没有好心情。**

再者，我总是怕打雷。

问过一个长时间失眠的人。他说，时间总不怕浪费掉的。有那么多事情可做，倒觉得不那么舍得睡了。

原本是失眠症的受害者，最后演变成了受益者。他后来还是去看了医生，配合做一些系统性的治疗，渐渐好了起来。又觉出安睡的好。这样子，随遇而安，真令人满足。

黑夜更像是一块红色大布，头顶一罩，璀璨的就绽放，暗淡的就默然。而你只需把自己安顿好就行了。不知何时，天已经亮了。渐渐萌生出困意，迷糊地睡去。

　　只是偶尔颠倒了黑白，你要明白，这并无大碍，没必要刻意去安排。睡不着的时候等清晨到来，顶多也就是把第二天的日光睡成黑暗。

　　**给自己安稳，任何拐弯都不足以将你滞留。**

初
恋
爱

燕草一如碧丝，秦桑还未低成绿枝，想念却随时都能落满城池。

这样的季节，适合静静不言语，却捻不灭往昔。你知道，爱如捕风。

所有的忐忑，看似没什么重量，压过来时才感知铺天盖地。她说，还是觉得胆怯，无边无际。不过是因为要去见初恋的那个人，把隔年的情绪都翻腾了出来，本以为已成陈酿，捯饬出来了才知道到底还是没酿好陈年故事这坛酒。

怎样的衣服都觉得不够漂亮，怎样的发型都觉得土气，怎样的自己都觉得不满意。因为不被爱过，或者因为情断之后的念念不忘，或多或少存了点傻气的自卑。

哪怕是不够好的他，都足以让你珍而视之。并不是没有想过重逢的场景，起承转合，每个细节都苛求完美。到这时才知，为了一个人敏感又赤诚，并非年少的专属课。

拜伦的诗里说，如我再遇见你，在多年以后，我将何以致候，唯沉默与眼泪。沉默、眼泪，都带着狼狈。最好的希冀是，如果当年的自己，不够漂亮，借着经年之后的相见，让他觉出你的美丽；如果当年的自己，不够出众，借着这场相见，让他看见你闯荡江湖后能独当一面的魅力。

我不是要你后悔当初的别离，只是要你知道我希望你过得好的时候，其实我也过得不差。哪怕渐行渐远，地球两边，并列成线，也分毫不差。

随时盛装准备，与旧人重逢时能够单枪匹马也不失气度。

**我们的倔强，有时候更像一块牛皮糖，黏在一处就会越来越紧，直至招人厌烦，从而忘记了它最初只是一块糖，哪个角度都裹着甜蜜。**

把这倔强放在爱情的执念上，难免会散发出不够可爱的气息。

有软语温存，也会有猜忌中伤。似乎在意一个人就要把情感当成喷头，哗啦啦，淋漓尽致，不能躲不敢藏。想要彼此呈现最天然的一面，可两个透明的个体碰撞，保不准就会擦伤。

年纪还小的时候，除了对爱情的一腔热情之外，什么都没有。以为所有的伤口，都可以用创可贴来愈合。

最后的结局往往是伤口溃烂的时候，再也无法治愈。分开之后，心底存着不甘。稚气的时候，也曾谆谆告诫自己，若使经年之后，他想起这份爱，能够含着微笑、怀着温存，必当在最绚烂的相守里保持着自己最招人爱的一面。

可事实上，招人恨的地方，往往更多，又爱又恨，谁都撇不清。遗憾太多，就总想有个弥补的空间。

我把我的遗憾说给她听，她歪头神秘地笑，才不是，我当年人见人爱，如今更胜一筹，只是要让他后悔错过了一块璞玉。

既然已是璞玉了，就更不需要在意一块顽石了。我感慨，看她带着君临天下的气度出门去，身上的衣服宛若带有金光。

恍惚以为她要去战场。

回来之后，询问经过。喝茶、聊天、寒暄，像普通朋友一样，她轻描淡写地说。完全没有想象中那么隆重。

"这算什么，相逢一笑泯恩仇吗？"我调侃道。

"只有恩，哪有愁？想要的不过是这相逢一笑。"她收了笑，眼底波光潋滟。

令人心动的爱情，大概就是你远走之后，我一个人度春秋。偶尔也会盼着再回首，想要的却只是不争不抢，看你嘴角的温柔。

# 幸福

卡夫卡说，幸福的人啊，小心你们的笑声不要太大，因为你会惊醒隔壁的痛苦。

幸福和痛苦，就这样子，泾渭分明。

幸福的人来不及惆怅，痛苦的人找不到时间疗伤。这两种极端大概是最为饱和的状态，大多数情况下并没有明确的临界点。两者交织，拎不清扯不断。

经常没缘由地提不起兴致，但又上升不到难过或者痛苦，那是太过厚重的字眼，生活拾掇拾掇还是能翻出很多花儿来，仅此一点，就足够笑嘻嘻地去面对惨兮兮的所有，依旧活得很用心，过得很认真。不是日复一日地快乐，但轮回的次数也够用。

一个清醒的人，时常犯的错是兴奋状态下难免糊涂，足够分量的痛苦时又异常清醒。如果两者能够对调，绝对会和谐很多。幸福刻骨铭心，痛苦半真半假。

但我很没用，别说对调，不把两者深化到极端已是快活。所幸，遇到需要唱响大悲咒的时刻不多。于是，还能迈着步子冷飕飕地往前迈。当然，间或也会迷路。

印象最深的一次，在一个景点，零点过后，依然人声喧闹，我沿着河堤散步，两旁的大红灯笼惺忪着眼，慢悠悠地却能照亮整条街。夜很亮。

可不知怎么就走进了黑暗，也许是因为只顾着夜里寥寥的思绪，忘记拐了几道弯。再回头，遍寻不到来时路，深夜的沉静大片散开，赶走了闹腾，瞬间心跳如鼓。像是自己造了座迷雾森林，原本以为好多人做伴，总不会失去方向，可迷雾遮住了每个人的脸，试图拨开，手却戳不到合适的位置。一个路痴的修养就是随时能把自己走丢掉，承认这种论调真让我羞愧。虽然我已经在努力地改变这种局面。那一刻，还是手足无措。

还好，我的清醒也会在极度紧张的状态下发挥出来。慌乱之后，我垂着头，站在那里，细致地想了几分钟后，凭着感觉往回走。中间走错了好几次岔路，没有人，没有灯火。最后回到住处，觉得棉被和床分外亲切。

这样的小插曲，却让我疑心是战胜了一场大劫难，瞬间进入祥和之中。我害怕迷路，对于一个恨不得在身上装雷达的人，这像是一种缺憾，随时提醒着自己的弱点。

比这更深层次的困扰是我的泪腺足够发达，泪点又不那么高，以至于一切悲剧的载体都能够触动情绪，比如电影、书本，甚至别人的故事。可那时候往往是在释放一种不知道如何表达的情感，跟痛苦或者幸福都无关。那样场景中的落泪也不等同于哭泣，只是一种手段。我使用得比较频繁而已。

但过后完全就可以舒畅地把这些通通丢掉，再去采摘开心果园里更加新鲜的水果，吃下去。如此反复。

和朋友去摘草莓，看着她在塑料大棚下被憋得红彤彤的脸，还兴奋地因为摘到一颗大草莓在那大呼小叫。

我突然开口问她，你今天快乐吗？她说，现在很快乐，早上关门的时候夹到手不快乐，周末过得这么充实又很快乐……反正就是快乐和不快乐。

我接着她的话，早上看着粥在锅里咕嘟嘟翻腾的时候很快乐，称体重的时候胖了三斤不快乐，周末过得这么充实又很快乐……反正就是快乐和不快乐。

这是我们大多数人的日常生活，没有过多悲切的痛苦，小小的快乐却可以凝结成幸福。很庸俗，很琐碎。

简单，已是莫大的恩惠。

# 我
# 不
# 说
# 想
# 念

想念，这个词，说出来，总像是压低了舌尖的暧昧，流转着，不敢固定，似乎一开口就有了倾洒的欲念。所以我从不对人说：我很想你。哪怕是真的很想。

有过一场错落的遇见，说不上是对的时间。就觉得心是合衬的，妥帖地有了个去处，不会拐弯，恨不得把心窝里的一切都抛洒出来，既忐忑又哀怨。也是在那个时候才理解了穷尽、极致这些描述的意味。

更惊恐地体会到当你的穷尽、极致，无人回应时，那种萧条的凉意。一边幻化出无限可能，一边又自惭形秽地把这些可能一点点打破。

　　一切都始料未及，一切都猝不及防，一切其实都是原始的雏形，只不过有了一丝迹象，就想让它燎原。于是，那些细小的片段都成了燎原的火焰。

　　第一次喜欢上一个人。没有谋略，没有技巧，所有的纯粹都在心肺里，鼓足了气，迎着一个方向。还会忍不住想，倘若被发现了怎么办？


　　夏天很阳光，他穿白色的短袖衬衫，有蓝色的条纹，线条笔直地同白色面料贴合着，恰到好处地黏在一起。我觉得，衣服很幸福。

　　也去看他打篮球，仅有一次，他的技术并不好，动作算不得潇洒帅气。投篮的时候眼神里带着一股清澈的倔强，我看到的似乎只有这一样，就被场外女生此起彼伏的叫嚣声湮没。此后，再没去过，总是不愿插足那种被捧上高点的快乐。只他跳起来投篮的动作，让我觉得，篮球很幸福。

　　一切和他有关的小物什，似乎都只有一个名字，叫幸福。


　　也许是机缘，抑或是刻意，后来还是在同一个城市读大学。只是一切并没有按照电视剧本那样顺理成章，但也并不坏，和他的关系一度达到抛物线的制高点。哪怕后来又惨跌至最低点，也并不妨碍那一段炉火般的温度。

　　**喜欢过，就是喜欢过，哪怕后来不喜欢了，也仅仅是后来的不喜欢而已。**

　　最刻骨铭心的场景是他来看我，坐公交车到校门口，会边走边打电话给我，我就会穿过宿舍楼、操场、教学楼前面那个小小的花池。明明没有多远的距离，却像是长途跋涉，人间道路那么长，我想长成最好的样子走到他面前。

于是，我使劲地奔跑，一步一步地向他跑去，觉得空气里微风叮咛，所有的一切都有了声响，我气喘吁吁的，还是能听得真切。直到快跑到他面前的时候，他会唤我，你慢点跑，我就在这。

他说他就在那里，我们之间有着一条路的距离，我一路小跑，用尽气力，跑了三分之二。他从对面走来，云淡风轻，走过三分之一。

所有的紧张和惶恐都消失，他在我对面，像撑起巨大的降落伞，在一个最安全的距离内，给我重叠的温暖。

**后来再没有体验过那种小跑着冲向一个人的快乐，轰隆隆的心情，招架不住，你不防，它就不躲闪。**

我们可以对待每份感情都投入，都无所保留。但每一份感情里的快乐，永远无法对等，无法有重影，那些用碎片拼接起来的幸福感，需要你用很大很大的心力去维护，去把它打磨成一副完整的样子，稍有不慎，也许就会支离破碎。尤其是当这一切，都不过是一个人的意念的时候。

像是秋天路过长街，捡起一枚树叶，有好看的脉络，骨骼纤细，觉得碾平、压制成书签该是极为合适的。

于是，小心翼翼地把它夹在书页里，可没过几天，就忘了这回事。再翻到，已不知是何年何月。

感情像那枚落叶，或者我是那枚落叶。挡不住它凋落，挡不住它斑驳，甚至挡不住它被遗忘，直到暮色来临，还原一片黑暗。

分开之后的很多年，都还是记得他的生日。起初会在零点的时候，给他永远呈灰色的QQ留言，不奢望回复，也真的没有回复。

**也是那时候，才知道所谓渺小到尽头，就是没有回应，依然炙热。**

后来看刘若英主演的电影《生日快乐》，小米和小南，两人平时也不联络，但每年两个人的生日，他们必定相互问候对方。没有多余的话语，占据多余的空间。只有简单的生日快乐，不多写一个字，只为了像普通人般模糊。剧本是根据刘若英自己写的故事改编的，特意找了来看，浅浅淡淡的，说不上哪里好，就是读过之后，有余温在心上，却是凉的。

刻意地伪装成普通人，就为了掩饰并不普通的感情，这本身就在加剧一种痛楚，我们都知道，却都假装不知道。

直到有一天，不再等到零点，直到有一天，再没有任何形式的生日祝福。一切似乎都要过去了。预备了好久的台词，并没有用上。也曾认真地想过该用什么样的形式，荡气回肠的沉默，或者抽抽搭搭的眼泪。

似乎都不合适。还为此伤透了脑筋。

刻画出的一切都太过鲜明，和当初来势汹汹的喜欢一样。可事实上，并没有那个多年以后。在真真正正等了多年以后，那个场景也都还只是一个幻想。

世界上的遇见总是奇妙，出趟门等公交车的时间，就可能会遇到旧时人。但想见的那个，哪怕身处一个城市，也难以等一个机会擦肩，最后就成了渐行渐远渐无声。

并非没有听过他的消息，都是干净的和煦的，一如初识时，他的世界，清新、饱满，眼睛里都盈满了清澈。我知道，我将终身感谢那份清澈。

而一个人幸福的状态，是不应该被外人打扰的，不得不承认，我早已是局外人。

不想再给予任何注解，不想添加任何旁白。所有的一切都会迎来它的顺其自然，不再惧怕重逢。

就是这样，恰如其分地结束。

# 八月

我格外喜欢八月，只为这两个字读出来有一种迢迢的暖意。再者它是夏天的尾巴，总让人感到舍不得。北方的冬天来得太早，往往过完夏天，好像这一年就要结束了。秋天太短，冬天太长，日光不温存的时节，总让人打不起精神。

八月就像是四季打了个结，哪怕偏了点靠后一点，也挡不住它身后带着平安喜乐。一个人有偏好，真是任什么公正平等的说辞都阻挡不了，恨不得把所有的溢美之词都用到。

好时节适合去见人。晚间有凉风的街道，满满当当都是吃夜市的人，走过去，热热闹闹。我那么怕吵的人，都只想就着冰啤酒待在这混沌天地里。纵使空气里飘着油腻腻的味道，也能调动起愉悦的细胞。

也喜欢去吃火锅，沸腾腾的热气里，说一大堆闲话，胃里塞得再也装不下，腆着肚子往回走，还不忘买杯柠檬茶，捎带着看两眼路边姑娘飞扬起来却不显凌乱的长发。

**美丽也分季节，夏天就是这样横冲直撞，毫无节制的漂亮。**

这种浅薄的快乐，恋着会上瘾。

这样的夜晚也总是漫长，不忍那么早去睡觉，拖一刻是一刻。从床头随意翻出一本从前没看完的书，短篇小说集子，信手翻出来一个故事。床头故事最适合夏夜消暑。不凑巧的是，这故事开端浪漫悱恻，中间稳稳当当，收尾处却看得人脊背发凉。明明是现代人的事，却披着古代的壳，寥寥几句诗词，诉完了薄情和寡义。

原本要睡前调剂，这下可好，要看着天花板好久，才能把睡意找回来。但我对八月一向宽容，哪怕是整晚不睡，都能发掘出层出不穷的快乐。

也会在心里想一些计划，比如要学会做一些上得厅堂的菜，颇有兴致地买来菜谱。做了一两次，称不上好，总归不难下咽，就懒得再尝试。还是发现凉拌面配西瓜更爽口。我本是懒惰的人，在舒适随意上，更是愿意由着自己性子来。

还养了盆栀子花，起初花开得白白胖胖，放在阳台上，凉风吹来，满屋子都是香气。后来不知怎么就颓废下去。任凭我怎么打理，从网上找了许多养栀子花的方法。最后也没能挡住它一点点地消瘦下去。叶子一片片枯黄，耷拉着脸。每天下班后我都要去阳台上看看它，想靠着自己的耐心把它医好。

直到最后一片叶子变黄，我有点无措。讪讪地摸了摸那些黄叶，和之前繁茂的绿意里陪衬着白色花朵的景致是那样不同。可前后也不过两个月的时间。我原本都打算好了，它再长大一点，要移盆的时候，就带回家去，让爸爸养。爸爸对花草的耐心比我多许多倍，花草在他那里总能得到更好的照顾。

可现在，只剩下了这个栽着枯枝的盆子。从鲜活到颓败，竟然那么快，让人无力。

短时间里没敢再养花。看着桌边的绿萝长势依旧那么好，竟然有点感动。

有厚重的喜悦，也有简单的惆怅，在这样琐碎的日子里感受到长久的美丽。

牵着八月的手，还能走好多天。

To

spend

a

good

time

人生只差
好好静度时光

# 第二章

# 心中繁华，哪里都有故事

荒芜的时候，读一首诗，

听一听日子打响指的声音；

叹息的时候，积攒下力气，

抬头看星星高高挂起。

随意的故事，

都能悟出地久天长。

这就是舒服的定义。

心有繁华，看遍绿意。

他坐在草地上，

怀着愉快的心情摘花，

把花儿一朵一朵地汇聚起来。


\*　\*　\*


——欧里庇得斯

# 立秋

立秋这天，是周末。

早上起来，想到时间还很宽裕，就故作惊喜地笑了一大把。周末是一种可以被定义为肆无忌惮犯迷糊的喜庆日，哪怕什么都不做，懒都能懒得理直气壮。

窝在床上读到一首小诗：他坐在草地上，怀着愉快的心情摘花，把花儿一朵一朵地汇聚起来。

是欧里庇得斯的诗。

简短的几句话，字词间都是温柔。诗歌具备这样的魔力，让人忍不住想躲在里面偷偷睡觉。醒来之后回望，只剩下一场好梦。

　　有一则欧里庇得斯的逸事，他曾承认写三句诗有时要花三天时间。一位跟他对谈的诗人惊讶得叫了起来："那么长时间我可以写出一百句诗呢！"

　　"这我完全相信，"欧里庇得斯答道，"可它们只会有三天的生命力。"

　　多庆幸，他把诗歌的生命力拉得这么长。隔着久远的时代，在这平凡日子里都能闻到一股清气。

　　时间总是走得太顺畅，随随便便就能牵走一天，等你发觉，唯有不知所措。我们害怕流失，尤其是有生命力的东西，它们的流失是有声响的，你屏息静听，听到的都是逝去的腔调，收不回来，想到这里，就难免胆战心惊。所以，总想要保留，不管是宽阔还是狭窄，似乎留有余地，想收拾的时候，都还有空隙。

　　在这种心态的驱使下，很多人的日子难免快一些。没办法，步伐太慢，就会被抛下。可我宁愿被抛下，也不要做一个会因为跑得太快而踩着自己脚尖的人。

　　我总是太过笨拙。

　　去听一个绘本作家的讲座，期间有读者站起来对作家说，能画画还能写美好文字的人真好，我喜欢这么好的你。

　　我被这句话打动，站起来看她，女孩很清瘦，带着黑框眼镜，表情真诚。作家站在台上，往前走了几步，朝向女孩的方位，一字一句地说，我曾经也很笨拙，我用每一天让自己来变好一点，现在成了你所看到的样子，可我的内心依旧觉得自己是个笨拙的人。

朴素执着的人，最容易让人动容。把每件事、每一天都当作采集标本来做来过，即便日子流逝，也留有活过的证据。

我把活着的每一天都喜欢过了。

秋天不声不响就来，有一种猝不及防的怅然。因为冬季太难熬，我对夏天总有偏爱，夏季过完，就觉得这一年都不会再有温度了。

可看着外面夏天的余热还未散去，也还是高兴，秋天过后就是冬天了，哪怕我不期待，它也还是会来。

下楼去买菜，街道上行人自由自在，和昨天并无区别。

一路上想着待会要做什么菜，要不要跟朋友约了去看电影，新上的片子，网上评价还不错。裙子过长，拖拖拽拽，鞋子摩擦地板发出刺啦的响声。

抬头看前面巷口的葡萄架上，葡萄已经快被摘空了。

我想着，秋天来就来罢，似乎也没什么不好。

我爬上了门，打开楼梯。

穿上祷告，说完了睡衣，

然后关了床，钻上灯。

全都因为你吻了我一个晚安。

\* \* \*

——爱德华·泼拉《全都因为你吻了我一个晚安》

吻你晚安一个

走夜路时略微会紧张，习惯性安慰自己的方式是打乱思维，让头脑混沌起来，很多长久不提的往事都会带着一个模糊的轮廓冒出来，我就顺着这轮廓往下捋，想不起来也不要紧，就当作新造了一个故事。这样子，一件事露了点头，挤着脑细胞想一下，再给它塑造个走向，就像深夜里做了个美梦，突然惊醒，重新闭眼之后就想着一定要续上先前的梦，当然，结局要好。这样自己感到很有趣，不知不觉就把路走完了。

到家门口的时候，收到一条短信，只有两个字：晚安。没有标点，空落落地立在手机屏幕上，却有一种可以打着哈欠认真睡去的安心。

有时候，我们需要一种特定的形式给予心灵上的成全。

晚安是一种奇异的表达，没有黏腻的修饰词，开口即是问候，也是结束。我喜欢这样爽快利落的语言。

遇到过一个女孩，在我最低落的时候，每晚给我道一句晚安。

那时，我在网上写很凌乱的心情文字，类似于独白体，别人看得一知半解，我自己也就图个发泄。唯有她看得真诚，一字一句。还给我发来各种各样的问候，事无巨细，谈她那边的天气还有生活，找到了一家好吃的甜品店，街边遇到的奇怪的花花草草……起初是惊讶地收着，后来习惯。熟稔之后，有时候会突然念起她来，又不知道可以聊什么，就在临睡前跟她发短信说晚安。

就像我俩的暗号，说不出口的想念都在里面。

后来，我一个人怀着热烈的期许去远方，到了之后却发现更像是跌进了孤零零的废墟，很多陌生的茫然，即使想了许多办法，也不能平复。

在趋近成熟，又不够成熟的阶段，总是要伪装强大，逃避向旁人诉苦，就怕难堪会暴露。守着骄傲，哪怕最亲近的人，也不给他们看。

内里孤独的触角结了网。

有一次，下夜班之后，站在路灯下，看旁边霓虹灯渐次闪耀，听着路边或匆忙或从容的脚步声。一切慰藉，都那么遥远。

就是那一刻，收到她发来的晚安。静悄悄的一抹暖色，我看了很久。

而后慢悠悠地往回走，路过河堤公园时，看到有摆书摊的老人，淘了两本旧书，书页已经残破，封皮也不全，粗略翻了几页，觉得喜欢。

结账时才发现包里带的零钱不够，我正懊悔怎么忘记检查钱包时，老人摆了摆手说："姑娘，书赠有缘人。你拿去吧。"

我愣了一下，边道谢边慌慌张张地把包里的零钱都塞给老人家。

河堤对面高楼林立，有玫瑰色的灯火打在上面，恰恰落在半身腰，俏生生地像打了个蝴蝶结。有一种肿胀的幸福跑了出来。

我把这些心情分享给她，而后跟她说了晚安。我自顾自地把她的晚安当成一种魔力。她也欣然接受。

无助、孤独、绝望……这些埋在生活里的消极，达到足够的浓度时，总需要有人给你一捧水，将它稀释。

自以为是的强大有时候并不能解救你。

我就是在那时，爱上了跟人说晚安。

更重要的是，你对一个人说"我爱你"，也许会收到"谢谢你"或"对不起"。但"晚安"不会，大多数情况下你收回来的还是"晚安"，这样可以获得对等答案的方式真安全。

我收获了很多晚安，而晚安之后，等到的就是新的一天。
它让我明白，总有细小的真诚，值得你弯腰去捡。

后来，她考研失败。我一度想过突然出现在她的城市，给她一个拥抱。但最终还是打消了这种突兀的念头，虽然我们都知道这想法并不奇怪。但是某种程度上，我们又都固执地守护着自己的城堡，任何附加的形式似乎都是打扰。
那之后，她成了我手机里永远的"晚安姑娘"。

你呀你别再关心灵魂了

那是神明的大事

你所能做的

是些小事情

诸如热爱时间

思念母亲

静悄悄地做人

像早晨一样清白


\* \* \*


——海桑《你自己来吧》

# 清白

下雨天，从院中朱红色花盆里剪下一枝白色忍冬花，拿了绿瓷瓶插上。斜斜一枝，清清白白。趁着花还未变黄，不把它当作金银花看。

忍冬在刚开的时候是白色的，开到将谢之时，转为黄色，于是白花黄花错杂，俗称金银花。金银这名字太市侩，读起来也没有忍冬清白。

太多东西，起初眉目都好，恰似远山如黛，后来烟尘气就太足了，裹着素罗衣也还是失了半分静气。

"在意的太多，往往到最后不知道起初想要什么。"
"或者什么都不要才最好。"

劫后余生，他开始学着把世事看得稀薄。能入心，寻得静好的都是小事情。慢慢地热爱一种事物比一股脑的狂热之后再丢掉要显得不那么令人讨厌。

一个人认真地尊重生活，尝试去同它相应和的时候，都带着虔诚，看起来比较悦目。这时的谈天也不那么急促。

这些东西要花很久才会愿意去学，花了很大力气发现爱的都是不费力气的寻常物什。

每年都会想要去看海，就在海边坐一坐，听听海浪绵长的呼吸。夕阳薄红的面容下还有残余的柔情，身上的披肩和树叶的颜色类似。慢慢地站起来时，腿有点发麻，周围有很多人，每个人都好看。

陌生的也都熟悉。

对生活不起疑的人会祥和许多，这祥和会让人漂亮。可爱的漂亮，跟底子好坏没关系。我喜欢人身上具备的这种漂亮，一出来就会有气场，更难能可贵的是不设防。

去拜访一位许久未见的长辈，没有很多话。看他写对联，毛笔在大红纸上走着，稳稳的笔法，不带技巧，上面书着"富贵门庭迎盛世，吉祥人家纳万福"。

他说，年纪大了，就喜欢这些俗气话。能俗气是好事，修多少静气才能换来这一"俗"，才能领悟到寻常日子里的敦厚可亲。

给过自己一段特别肆意散漫的时光，不长，满足感极强，一切都在可控制的范围内。终于抓住了自己的人生，结束了像无尾鱼的日子。

明快的境遇里，安静得不想发出一点声音。

跟他人说，我最不怕闲着，总有很多有意思的事情可做。不用出人意料，规律却不用遵守规矩。心里有个尺寸，定的都是最正常的码数。

找空气好的地方去跑步，跑出一身汗，闻见夏天。阳光像月光，熏黄得没有戾气，只有暖意。卸下重担，将可调控的东西都搭配得当。

**年华与这生活终于两相宜。深陷其中，不愿出来。空白处都是珍重，怕一个苍凉的手势都惊扰了好梦。**

放空之后的开始也显得更加意味深重。

我们都是过客，知道会走下去，只是不要丢掉这些安静和清白的瞬间。人生靠它们来句读才能在终结处还能感慨：不远万里也没有艰难险阻。

　　像忍冬，冬月不凋，叶子常青。

我是在黑暗中大雪纷飞的人，

你再不来，

我就要老了。


\* \* \*


——木心《我》

# 我等你

相比较"我爱你",我更愿意听到的情话是"我等你"。承诺、深情,还有欲迎还拒都在里面了。有足够的空间供人遐想。

煽情意味并不浓,却也令人动容。

恋爱的时候说"我等你",是约定了的小心意,有情意绵绵做底子,等多久都愿意。我不是个擅长等待的人,和别人约了时间的时候,总会提前五分钟左右到达。恪守准时的习惯太久,故而很难忍受他人无限制的迟到。

没有期限的等待太难熬,要消耗脑细胞去想象这个时间点,很容易由焦灼变为烦躁。令人为难的一点就是有人擅长守时,就有人擅长迟到,那就要有个人去将就,填补这个缺口。

遇到彼此都准时的约会，就恨不得逮着对方狠狠地夸赞一番。倒也上升不到美德的高度，就是想为这种可遇不可求唱咏叹调。

外在的因素太多，促成了很多等待。虽然我不喜欢等待，但情人之间的等待例外。

有女性朋友和男友异地恋，因为工作性质不同，两个人的休息时间还总是错开。有一次，她风尘仆仆坐十几个小时的火车去见他。恰好他在为手头的工作忙得不可开交，一边在电话里跟她道歉，一边想办法请假。她倒也宽容，只笑嘻嘻地说，没关系，我等你啊。

她说男友在那边沉默了一会儿，不知为何有丝哽咽地对她说了句，对不起。

"从前我们过得很艰难的时候，他也没有这样呢。"

她带点娇羞地说，那天下午，她一直待在他公司楼下的咖啡馆里等着，期间发了无数次呆，看完了一本情节温软的言情小说。本来可以回家等着，可就是想离他近一点。犯困的时候也舍不得睡觉，一直盯着窗外，直到他走出办公大楼，第一时间冲上去。

不用见证，都有强烈的画面感。

那一次之后，男友毅然决然地辞了职，去了她所在的城市。他说工作可以再找，只是再也不想听到她说我等你。

她说得大方，他听得酸楚。这大概就是所谓的在乎，在一个场景里百转千回，解读出不同的意味。

还有一种"我等你"，是等待爱情。孙燕姿的《遇见》，时常被这两句戳到心：我等的人，他在多远的未来。我排着队，拿着爱的号码牌。

"队伍太长，像是总也排不到自己了。"有朋友感慨。

"可没办法，就是要找个有趣的人在一起啊！"随后又补充了这么一句。

"一辈子那么长，要找个有趣的人在一起。"我第一次看到这句话是在周云蓬的《绿皮火车》里，柴静写的序，她问绿妖为何要跟周云蓬在一起，绿妖说："王小波小说里写，一个母亲对女儿说，一辈子很长，要跟一个有趣的人在一起……"

"就为了这个吗？"

"有趣多难啊。"她说。

有趣是真难，遇到好人容易，遇到对你好的人也容易，可遇到一个让你喜欢的有趣之人真的不容易。

于是，就这么等了下来。只是这句"我等你"，不像恋人之间可以字正腔圆地说出来。只能捏着一团虚无的空气，默默地在心底对着一个还在遥远未来的人说。

也许还会忍不住叹口气。毕竟这等待也难挨。

可她说，我不怕啊！哪有你说的那么伤感，我又不是无事可做，在那白白地为了等而等。我平常等飞机的间隙还能看本书呢，更别说这样的"兹事体大"。

她哈哈大笑，干脆利索地跑去拿新做的土陶给我看，一个歪歪扭扭的被她称为原生态艺术品的东西，她打算拿来养阳台上那盆已经有蔫巴趋势的玉麒麟。

她说，你相信我，我一定会把它救活。

我点了点头，一直都相信呢。

就像美好会和美好相遇，诗意会和诗意相逢，有趣的人也总会等来有趣之人。

突然觉得等待也不那么讨厌了，也许下次我要试着对迟到这个词宽容一点。

后海有树的院子

夏代有工的玉

此时此刻的云

二十来岁的你

\* \* \*


**——冯唐《可遇不可求的事》**

# 可遇不可求的事

灌满夜色的长廊里，看到游荡的野猫，幽蓝的眼睛泛着晶亮的光，并不敢直视，有一瞬，以为会败下阵来。

有些故事还未开始，就已经没有勇气。我的特点是擅长打击自己的积极性，心思优柔，踌躇不前的时段太长。对于一个缺乏主动性的人，很多相遇都要借助契机。

受一个朋友所托，在他外出的时段，替他照顾两只猫咪。两只小动物并不怎么听话，也许是对我这个新主人有距离感，在屋子里窜来窜去，连带着桌子上的物件都遭了殃。即便我给它们喂食，也对我爱答不理。

在此之前，我得到的关于它们的信息都是温驯乖巧这一类符合猫性的词。可明显有出入，一人俩猫，对峙。

我叹气，释放着狼狈，看它们继续为所欲为。

我惩罚性地给它们起了名字，汤姆和杰瑞。源于小时候看的动画片，家猫汤姆和老鼠杰瑞，一个愚笨的追捕者和一个聪明的猎物，上演着无穷无尽的恶作剧。

这两只猫也一样，它们互相追逐，似乎只为了有趣。它们对自己的名字不甚满意，夹着尾巴蹲在我身旁，一左一右。

在此之前，我并不喜欢猫，也不觉得自己有能力妥善照顾两只小猫。可它们坐着的画面太安静了，过一会儿，不知怎的就挤到了一起，紧紧贴着打起了盹。

一眼望去，那互相依偎的画面，在心上挠痒。

把汤姆和杰瑞还回去那天，它们第一次很认真地盯着我，伏在我脚边，舔我的鞋子。那情形让我想起从前养的一只狗。

它陪伴我好多年。每次我回家，离家门还有很远一段距离的时候，它都会冲下来，跑到我身边。那阵势，活脱脱像个守卫。那些年，它总是在迎我回家。

后来，它不在了，埋在外面的桐树下。我想念它的时候才记起，我从来没有认真为它起过名字。

命运别有深意，一不小心就是殊途。

后来家里也收养过两条小狗，但都没能够留长。心下难过，就再也不养了。

送走汤姆和杰瑞，接到朋友的电话。听她诉说感情上遇到的困惑。我不懂得指点迷津，只能把现有的道理展开来给她听。

她带着哭腔说，我都知道啊，可还是觉得难过。

我听她把所有的情绪都抒发完，而后冷静地说再见。我习惯于把情绪无声无息地藏起来，有时看着别人能够畅快淋漓地诉说，倒觉得羡慕。

可又不能给她一个主意。**感情像一条水路，每一个都是蹚水过河的人。一次，两次，再踏足新的水域，也不一定能够预知深浅，收放自如。**

次日，她约我吃饭，心情不错。所有的冲突都已经自动融化了，舍不得放手的时候，总会给自己找到台阶。

"想要牵手的人，哪有那么多，当真是可遇不可求。所以也不能过多苛求，毕竟每个人都带着不同的缺点。"她哈哈大笑，挖了一勺布丁塞进嘴巴里。

我默默想起那两只并肩偎在一起的猫咪，有乐子可找，有伴侣可依靠。在一起的每一刻都是每时每刻。

"那就经你允许，给这个可遇不可求的人多一些宽容。"

她点头。

没办法，对爱着的人，宽容度是可以随时提升的。

一罐罐可爱的浆果，散发出腐烂的气味。

年年都渴望它们新鲜，但知道它们终将改变。

\*　\*　\*

——谢默斯·希尼《采黑莓》

# 物是人非

物是人非应该是很没有悬念的词，因为大多数关系都具有强烈的阶段性。似乎只能是踩着时间段来到你身边，过了就会被收回，不是我们所愿，但也无法控制它的走向。就像王家卫说的，有时候遇到一个人，感觉他非常有意思，印象深刻。但后来就再也碰不上了，人生就是这样。

总在接纳一段段关系的改变，遇到的人毫无征兆地远离。每一段关系的开始，你都会有渴望；每一个朋友的到来，你都会给予热情。

终结的时候，没有挥手告别，以为还会再见，其实所有的故事都停留在了你以为正常的时刻。这不是说把缘分当作浅薄的词，而是很难定义它的深浅。

人生无法简化，一眼望到尽头。

那次在武昌火车站转车，候车时待在就近的茶座里，夕阳半残，落地的玻璃窗映着素淡的光。我用手指在窗户上面勾勒着奇形怪状的符号，没有痕迹，连我自己也看不懂画的什么，大概只是无聊打发时间。

坐在我斜对面的是个娇小的女孩子，紫色纱裙很抢眼。微微嘟唇时嘴巴很翘，从我的角度望去可以看到她侧脸的弧度很美，撑着臂肘在奶白的桌面上，整个人显得娇嫩。离得太近，时不时会有几个词蹦到我耳朵里。两人似乎在讨论结婚的事。

这蹦来的几个词带着幸福滋味，纵使陌生，也会不由自主地曼延出一种想要祝福的喜悦。这样子听到别人的对话总归不太妥当，我起身收拾了东西打算离开。正在这时，那女孩蹭地一下站起来，动作幅度很大，带动椅子摩擦地板发出刺耳的响声。

她站在那里，身影没有我之前感受到的那么娇小。声音几乎是从嗓子里吼出来的，她说，你如果不把那套房子买了，这婚我就不结了。

茶座里的人并不多，我的耳朵里就记下了这一句话，嗡嗡作响。

这场景过于像电视剧中的演绎，我有点难以消化。

她走之后，她的男友坐在那里，呆愣了下，望着对面的空杯，并没有去追，未饮尽的茶仿佛还有余温。

可有些茶凉了就续不上了。关系似乎太脆弱，闯不过生活的龙潭虎穴。

我走出去，头顶是灰白不明的天空，灼灼的热气飘散成了时空布景，提着行李徘徊在异乡的街头，人声鼎沸的车站，暴露在空气里的茫然，四周如同裂帛的清脆回响，一点点地蔓延，最后缩小成一个原点，爆破。

在这之前，我见过一个朋友，好多年没联系，辗转间竟落脚在了同一个城市。当年相熟时年纪尚小，没有认真告别过，心下也就当作没有离分。

中间有八年空白，我们都有不小的变化，可她在街头认出我来，在确定了我的名字后冲过来拥抱我。异常的亲密让我有几分不适应，手僵在那里，稍微动了下才搭在她的肩上。

我记得她的圆圆脸，去掉了婴儿肥，还带着往昔的轮廓。

太过巧合，当下就约了吃饭聊天。她声音轻快，说很多话，从股票到娱乐八卦，还有她南下打工时的见闻，我能插得上话的时候不多。

她叹口气，你平时都不关注这些吗？

我搓了搓手，讪讪地说，是有点少。

她很执着，依旧热烈地向我传输着某位大牌最新的动向。

我微微低着头，头发垂下来遮住半边眼睛。不知为何，总觉得自己像个犯了错误的孩子。

我甚至想，如果早知道会遇到她，我一定提前做足功课。

谁都不想，再一次分别还是有遗憾。

她的嘴唇开合，瞅着我笑，心瞬间柔软起来，还是感到她很可爱。

记得那年，她刚转学，有次休假去看我。我在上晚自习，她就远远地站在教室外面的一盏小灯下，冲着我招手。为了让我能够看到她，还时不时地跳一下。

远远地，我看不清她的脸，却能感觉到她的笑。

没办法，黑夜总是被温暖点亮的。

那晚，下了薄薄的雨。她在外面蹦跳了好久，等到我下课，嗖的一下就站在了我面前。她留着短短的发，被雨淋得潮湿，软趴趴的，像男孩子。有路过的老师，还特意瞅了我们两眼。怕是把我们当作了早恋的学生。

她的笑容很黏腻，像松软的蛋糕。

我点了水果蛋糕给她，她从前极度嗜甜。

她摆摆手，我要减肥，早不吃这种甜腻腻的东西了。我看着她，长发垂到腰间了，上衣紧紧地贴着皮肤，线条凸显。这个她和记忆里的那个她重叠了下，又重重地分开。

我感到抱歉，为着我不能了解她的喜好。

一段被搁浅的感情，因为外界的因素成了荒漠，太让人难过。

所有的旧都叙完后，她突然开口道，你太闷了，这可如何是好？我突然做出了一个奇怪的动作，伸出手去，戳戳她的胳膊。那是多年前我们常玩的一个游戏，如果闹别扭，对方戳一下胳膊，就要马上笑出来。

她愣了一下，不明所以。

告别时，她说有空联系。可我知道这句话真的只是客套而已。

她并没有问我要联系方式，我犹豫了下，不知道是否应该主动给她。

她那么精彩，映衬着我的干涸。

我们以为感情一直带着保鲜膜，不动声色地和往事对接以后，就当作一切都没变。

　　却没想到，时间已经替我们告别过了。

你需要的话，可以拿走我的面包，

可以来拿走我的空气，可是

别把你的微笑拿掉。


\* \* \*


—— 聂鲁达《你的微笑》

## 只看得见微笑

对那种笑起来眼睛弯弯的人毫无抵抗力。五官平实不重要，有一双带笑的眼睛就好。对视的时候，怎么也不忍心逃掉。

看小孩子破涕为笑的时刻，心能软成一条河。

也喜欢看静态的笑容，容颜被定格在照片、画像里，脸上的笑容就是一个故事。看得久了，像是能读出秘密来。

不经意间的表情总会出卖心事。

童年时的场景，最愿意回忆的一幕是坐在庭院里，为了练习数数，被家人要求仰头数星星。比画着手指头数一遍，再重来。星星太多，绕着月亮闪烁。隔着那么远，看着像是月亮的笑容四散开来。

有些人的笑容是静的，什么话都不用说，所有的情绪都释放出来了。

我常去的一家书店，老板娘是个气质清冷的女人，有一双清透的眼睛，极其明亮，神情总是寡淡，极少同客人搭讪。店面不大，来买书的人也不多。我喜欢那里的静谧，常去。但有时也会忍不住为之担忧，这样子怎么能维持得下去呢？我一度忧心着倘若停业了，我就少了个好去处。

她爱穿碎花裙，坐在收银台的凳子上，捧一本书，有人买书付款时才舍得抬下头，抬头的那瞬脸上会带着些微的笑容，牵动不到嘴角，可配着她的神态，又是美的。

我其实是羡慕她这种状态的，我对书店的幻想就是这样小而静的，聚集在这里的人只为了一个目的，除了书可以什么都不谈。

她拥有这样一间我向往的书店。

有一次，书店里只有我们两个人，我带了笔记本电脑在那里写稿。她说她羡慕我的生活。我看着她脸上的真诚，心下思量，每个人都在羡慕着别人的生活。

也许正是这些对并不拥有的事物的羡慕才成就了幻想，而能幻想的人，心窝是热的，有喷薄的气力催着你走到更好的地方。一程又一程，新的遇见，新的幻想，新的人生。

　　她辍学早，读书不多。有时并不是不愿跟客人交流，更多的是害怕露怯。这家书店是她所有欢喜的来源，还能让她离自己薄弱的心愿靠近一点。

　　她说自己就是个渴望读书的人。

　　我看着她，一字一顿地开口，你笑起来很漂亮。她撩了下头发，有点羞怯地道谢，整个人靠在书架上，脸颊上带了红晕。

　　眼睛里有笑容，被人夸奖会脸红的一个女人。端庄地美着，她却不甚在意，这样真好，不自知的美丽最吸引人。

　　很多际遇就是这样开始的，从陌生到熟悉只隔着这样一次带笑的对谈。后来我推荐过喜欢的书给她，她渐渐也能放得开，不再像之前那么清冷。

　　一般人在陌生人面前存着拘谨，笑得静。而熟悉的朋友之间就容易放肆，笑容是动的，总令人联想到喜气洋洋这样氛围热烈的词。

　　我有一个很闹腾的朋友，永远都在笑着叫我的名字，以至于后来断了联络，我也总能想起她笑的样子。

我俩逛街，我看着她麻利地砍价。在街头扮鬼脸逗小孩子玩，一路拉着我走得颠沛，还能笑声朗朗。周身的每一个细胞都在欢腾着。

如今，在我已经记不清她的面容的时候，还是固执地把她的笑容留在了身边。

不知道她的人生是什么颜色，只是别把那微笑拿掉。

夏日蓝色的黄昏里，我将走上幽径，

不顾麦茎刺肤，漫步地踏青；

感受那沁凉渗入脚心，我梦幻……

长风啊，轻拂我的头顶。

我将什么也不说，什么也不做；

无边的爱却自灵魂深处泛滥。

好像波西米亚人，我将走向大自然，

欢愉啊，恰似跟女人同在一般。


\*　　\*　　\*


——让·尼古拉·阿蒂尔·兰波《感觉》

# 感　觉

　　兰波说他什么也不说，什么也不做，我喜欢这种感觉。

　　纵然我最爱的是他的散文诗《黎明》：我拥抱过夏日的黎明。宫殿的前方依然鸦雀无声。水是死寂的。团聚的影子没有离开树林的大道。我走过去，唤醒活泼、温馨的清晨的呼吸，琼石闪动着晶莹目光，翅翼无声地起飞。

　　就是这种生了感觉的感觉，最辽阔，吸引人的辽阔，眼睛是开的，滴溜溜转动，但它也能合上，一切都能自如切换。

　　纵使诗人，也做不到切换自如。于是，他也只好说：要么一切，要么全无。

　　以兰波的生活经历为主的传记片《Total Eclipse》里面，兰波的扮演者莱昂纳多·迪卡普里奥，那时候他还很年轻，除了英俊帅气，找不到别的形容词，那时候他也没有剧烈发胖，没有铺天盖地的丑照片。

网友感慨，岁月对谁都不宽宏，也有人说看照片上的他，胖了似乎也很快乐。正在各种声音盖过来的时候，他又瘦了。

于是，又有人欢呼，终于帅回来了。

在这一点，他做到了切换自如。

黄昏时，在纸上写字，写一生痴绝处，只有这半句，寥寥落落地搁着，不知怎么接下去，汤显祖吟了"无梦到徽州"。我这梦，是真的无。

这种感觉才是既精准又可恨，完全摸不着头脑，除了停顿，什么也不可做。想起一个墨色的夜晚，星星撒娇般往地上看，能听到蛐蛐声。那一刻觉得要有流星划过肩头，一定要许愿，许什么不重要，就要那种透明的柔弱。不要骨头，娇娇弱弱的，却不是病怏怏，虚无之外，需要强壮，洁净处，柔弱就好。

也梦到过很多人在一起，有影子落在草丛上，有人过去抱它起来，端正地放在椅子上，温和地说，来，让我们一起。

每个人都亲切，亲切到愿意和影子做朋友。

这是大世界里的小景致。活在感觉之内，和和美美，愿意一脚跨进去。

　　某次跟一个背包客聊天，他说他的理想就是一辈子在路上。对他来说，在路上的感觉才是这一生最大的意义。经常会在某个城市停留，短暂工作，挣够下一次旅行的钱，然后再出发。

　　他说他希望找到一个有感觉的城市，定居在那里。

　　"你知道什么是有感觉吗？就是你在大街上，随便遇到一个人，都能跟你聊天下棋，不要那么多客客气气。"他重复着这个所谓的有感觉。

　　"那你遇到了吗？"我问。

　　"在路上的时候，会有。大概很多漂泊的人都是在寻求一种感觉吧。"

　　我合上面前的书，听他说话，听别人心中的理想主义。

　　他的上一份工作是销售，在北京。刚辞职，他说接下来要去成都小住，然后前往拉萨。甚至客套地问了句，要不要同行。

　　"不。"我说，"我更倾向于习惯安定。还有，我对我目前的工作还带着很深的感觉，也许和你的感觉不一样，但足以支撑我坚持很久。"

　　对别人自由的理想怀有敬仰，但不羡慕。
　　我们也是湍流，总在呼吸。

谁此时没有房子，就不必建造，

谁此时孤独，就永远孤独，

就醒来，读书，写长长的信，

在林荫路上不停地

徘徊，落叶纷飞

\* \* \*

——赖内·马利亚·里尔克《秋日》

## 黯然，不停歇

所有人都悲秋，可秋天自己却最没有忧愁，热烈或冰冷的情绪都没有，独自待着，想跑的时候就加快脚步。吹落几片叶子，慌的从来都是他人。秋天只负责从容。

我并不热衷于拟定计划，所有框定的东西都太生硬，一切本应该活泼。

但是我乐意为秋天做计划，并且去执行，去近郊徒步旅行和老朋友见面，把书柜里那套《莎士比亚全集》温习一遍……

都是些懒人的章程，还是规整地把它们记录在了日记本里，指尖浸润着纸笔摩擦间生出的气息。生活没有模子，快乐的生活却都相差无几。

像青山七惠说的那样，既不悲观，也不乐观，只是每天早上睁开眼睛迎接新的一天，一个人努力过下去。

一切情绪都是自己给的。

加班的时候，会站在窗前往下看，公司在24楼，看到的只是拥挤在一起的车辆，有秩序地排着。脑袋放空一阵，过后也会想许多事情，旧日的未来的，如白绢铺展，丝线缠缠绕绕。

要有多强硬，才能杜绝一切柔软。我问过自己，并没有答案。太多时候，还是只能放任情绪竹子拔节般生出来，脆亮，剔透，也有黯然。

没有翅膀的鸟儿，却有翱翔的心。

并非完全不想停下。也会盼着这小半生清简地度过，有一点欣喜，一点热情。可是没办法，没有可炫耀的成绩，总令人缺失安全感，害怕突如其来的黑暗。

李商隐写"秋阴不散霜飞晚，留得枯荷听雨声"。尾韵都凋敝，继而，枯荷有了别样的归处。《红楼梦》里林黛玉对贾宝玉半哂半怨"偏生你又不留得枯荷了"，那语气也是寥落的，单这世间，万千种色彩，总有轻飘飘的愁绪吹不淡。

从开始空着双手前行，到后来手心里抓满沙子，想要抓紧，又漏了一些。期间还会抓到别的东西，就是想把这双手填满。

以为满了就不会慌了，可还没有满的时候，就已经累了。并不懂怎么就能置身于这样的境地，成了一个没有扛枪的战士，赤手空拳，夕阳落下的时候，看着远山。

太远了，可还是想跨过去。

像个孩子，满腔热忱。还不承认只是因为孤独。

王尔德的童话故事里，那个在旁人眼中做梦时都没有想过哭着要东西的快乐王子，其实会在晚上偷偷地落泪。

快乐也只是别人眼中的快乐。**所有能跟他人分享的都是罩着光环的。唯有孤独，是件很私密的事情。**

而保存自己的秘密，总有意义。

当我们无法解脱，无法回答生活时，就在这没有忧愁的季节里走一走。写信的时候还有可以投递的人，黄昏过后能等来第二天的黎明。

大哭过后，脸上留有残存的盐分。

最后还能看落叶纷飞。忧愁只是来一下，并没有生根。想要的答案，就留给时间慢慢回答吧。

因为寂静

我变成了老人

擦着广播中的锈

用砖灰

我开始挨近那堵墙

摸着湿土中的根须

透明的乐曲在不断涌出


\*　\*　\*


——顾城《东方的庭院》

# 因为寂静，
# 我变成了老人

长时间的工作之后，必须蜗居在家一阵子，不愿出门见人，没有交际，也不想念远方。独处是唯一能够恢复能量的方式。

只是独处，没有孤独。听到钟摆游走的声音，它下着时间的注解，我照单全收，但不遵从。在狭小的空间里，我只听命于寂静。

会发呆，眼睛盯着一个地方很长时间。看书的时候会睡着，要筑个暖融融的巢，给我，还有一切空间。修剪花草，一片片擦洗叶子，花草有心，你对它好，它也知道。远离网络，因为工作性质，每天用大部分的时间对着电脑，眼睛感到极度不适。收拾房间，角角落落都要顾及到。

用一切琐碎把时间拉长。这是我梦寐以求的生活。

"像个老人一样。"有人感慨。
对，当我老了，就希望过这样的生活。
我把老去提前经历了。

没有满的惆怅，有稀薄的幸福。奔跑之后，有能力负担得了寂静的生活，把活着的每天都欢喜过了，不惧怕未知。
我没有很多的智慧可以来应对外界层层叠叠的叨扰，做不到全身而退，也不想迎难而上，就撑着脑袋，干净地待着。

这样充足地蜗居，最大的好处是不失眠。好梦之后就能神清气爽。床头扔着两个中药香囊，忘记是哪一天闲时的手工了，隐约记得里面放有金银花、紫苏、冰片、薄荷……
袋子没什么形状，一小块粗麻布，用红绳系着。随意生长着。

这种天然的物件，能安抚痛楚。一个学中医的姑娘对我说，真喜欢中药的味道，想到一辈子都要和这些打交道，完全没有丝毫不耐烦。
她爱听京剧，爱古琴。只爱想爱的。

她说这是她的任性之处，但凡有丁点苗头，就一定要让它燎原。我爱这任性。

坚韧和静默不一定总是站在一起，可纵使分开，各自独立也都是优点。何况，两者还在一起。

寂静着的时候，一切都在寂静之外。工作、伤感、愤懑，都与我无关。它们拔了刀剑，也戳不到我的痛楚。

安静待着，没有了软肋。

童年时，姥爷家隔壁有位挺古怪的爷爷。头发白花花一片，很瘦，不常说话。经常坐在院中葡萄架下喝茶，用那种粗瓷的茶碗，茶汤激滟，远远都能觉出清苦。也见到过他在太阳下晾晒橘皮，把嫩黄的橘皮展开，一片片铺在竹席上，重复着一个动作。

没有人去看他。

他没有孩子，老伴儿先他离世。有人说他脑袋有问题，整天就守着葡萄架。可我不觉得，他对待橘子皮都能那么温柔。

还有我们这些孩子，路过他家院门前，大声吵嚷时，他也只是笑笑。葡萄熟了时，会摘了给我们吃。

所谓面带善意，大概就是那样。

我问过姥爷，隔壁爷爷为什么总是一个人？姥爷说那葡萄树是他老伴儿生前种的，如今都能结那么多葡萄了，那葡萄树就是他的孩子。

　　长大后，读到《项脊轩志》里那句，庭中有枇杷树，吾妻死之年所手植也，如今已亭亭如盖矣。

　　瞬间明白了葡萄架下的寂静，那爷爷从来都是有人陪着的。他和爱人一起老了，心还亮着盏灯，为她再照一程光亮。让热闹留在外面，他守着她就够了。

　　那么，我们也只是群体里生存着的独居生物，总要有一些时刻，需要住在各自的宇宙。

我在这里爱你

在黑暗的松林里，风解脱了自己

月亮像磷光，在漂浮的水面上发光

白昼，日复一日，彼此追逐


\*　\*　\*


——聂鲁达《我在这里爱你》

# 像相信<br>爱情一样

固执地爱着某个人，偏执地做着某件事，都是时间累积下的习惯，久而久之，像一种固定的仪式，如若无以为继，就仿佛剔除了骨骺一样疼痛。那时候，你以为你是走不出迷雾的魔兽，时刻同心底的执念做着无谓的斗争。等到有朝一日，幡然醒悟，其实放下，并没有想象中的那么难。

随着年龄的增长，会逐步推翻以前建立的似是坚不可摧的信念。我们以为岁月给予我们年龄的增长，丰富的阅历，成熟的心智，其实就蕴含其中，任你一点一滴地将其同周身的感觉融会贯通。

生活给你许多难题，也附赠许多欢乐，如果有机会保持这样的欢乐，那是额外的馈赠，应倍加珍惜。你遇见这样一个人，源于一个契机，他做了你快乐的源头，虽然你并不愿意承认，你的情绪竟然附着在别人身上，你甚至会一度为此感到羞耻和受折磨。但是他来了，你躲不掉，只能欣然接受，不要时时刻刻提醒自己去斤斤计较这段有他相伴的旅程有多长，不必为此小心翼翼。也不应觉得这样的陪伴是理所当然，没有任何一份爱恋是理所当然的透明，他爱你，或者不爱你，这是最大的理由，而那些条条框框的外因更容易潜伏在感情线的背后，一不小心，就跳了出来，将一段感情割得支离破碎。

我一直喜欢真实干净的人，他可能不够聪明，偶尔残存一丝孩子气的天真。外在也没那么出众，但定有一颗善良的心，在有限相处的时日里，你会逐步挖掘出他身上通灵毓秀的品质，那是一个人最大的魅力。我们在温柔地善待别人的同时，亦渴望得到同等的待遇，如若得到，自是欣喜，若得不到，也不应为此放弃自我这一良好品质，继续温柔下去，总有那么一个人会还你更大的温存，用他独有的方式靠近你，温暖你。

在玉器店里看到碧色的翡翠镯子，触手的质感温润沁滑，那么一瞬，你会因为这些小物什带来莫名的感动，我们最真实的热情往往储藏在渺小的事物当中，因了一个场景滋生出微妙的感情。你的心肠柔软，你的生活清淡，你的性情和暖，这是你心灵独有的范本，它不复杂，也不空灵，它只需你认认真真地将其对待，适时地收容，清空，任其永久地保持一份张弛的活力，这是对自我的尊重。

你大抵向往着这样的生活，春日映浮生，新泉烹香茗，相对而坐，在原始古朴的小镇，有竹编的藤椅，有粗布的长裙，每一处都是最舒适的状态。最重要的是身边有那么一个人，触通了你毫无保留的思绪。因为他，你愿意一直天真，因为他，你觉得周遭的风景都有着无与伦比的美丽。你们在雪夜纷飞天围炉小酌，在午后清风间读一本古书。这样的时日不多，但来临的时候，就会活跃你所有的细胞。他的存在，只为告诉你，这个世间有一种叫作爱情的东西，值得你相信。

曾经你用素白的纸笺写信给他，一字一句，跳跃在指尖，翩然欲飞。经年之后，整理泛黄的书籍，翻出了这样的纸张，打开来看，每一页都是陈年的故事。

这些故事印证着你人生中最美好的年华，毫无保留的付出。他在午夜的时候拨过你的电话，他在公交站牌下隔着玻璃窗向你挥过手。最后，他只留下一句"你还好吗"，其实这是最难回答的话，也是久别重逢之际最易说出口的问候。或许，你并不需要回答。

你只要知道，哪怕你曾错过，也要去相信，还有爱情会来，还有那么一个人可等。

To

spend

a

good

time

人生不差
好好静度时光

第三章

万物

有灵且美

我要这天空柔软、干净；

我要这静夜清澈、唯一。

我要每一样东西

都彻彻底底地透亮着呼吸。

万物眨着眼睛，

没有留下痕迹。

可，我要我自己，

看得到它眨眼睛的美丽。

# 花
# 笺

　　《薛涛小传》云："涛，侨止百花潭，躬撰深红小笺，裁笺供吟，应酬贤杰，时谓之薛涛笺。"薛涛常同一众诗人唱和，用的就是这种深红小笺，这笺小巧美貌，写情诗最好。可惜才女的情事并不顺畅，最后脱离一场爱，一袭道袍了了残生。

　　宋代词人晏殊还写过词句："红笺小字，说尽平生意。"可怎么都觉得那平生意并未诉尽。

　　古文人雅士往往自制笺纸，以标榜其高雅，不入流俗。纸张精致华美，用以题咏写诗，甚至创造性地绘出各种色彩，印制花鸟鱼虫等图样，还赋予了这些笺纸好听的名字"花笺""锦笺"。

如今，虽没有这诗词雅兴，也从未想过特制笺纸，可也曾无意间把花草树叶当作笺，做过一些浪漫的事。

我有一个檀木盒子，常年上锁，像是藏着什么宝贝。打开来，都是些对旁人并无作用的东西。除了纪念，也想不出别的意义。

里面有两枚叶子，绛红枫叶、麦黄银杏。放置的时间过长，早已干巴巴的没有一点水分，但叶脉还是清晰的，上面的字迹也能看得分明。黑色水笔，写着几个模糊柔软的祝福词。该是谁起了念头，拿叶子代替信纸，赠了这诗意的情怀。因为一直压在盒子的底层，很少拿出来看，如今我已想不起那段不被脑海储存的风景和那赠送树叶的人。

每一段看似无意的恩惠都会有它的去处，哪怕不再被提起，也可能都还记得。即便忘记了，也总会留卜点什么。

我喜欢收集花瓣，平时花儿开在枝头，总也不忍做采花之人，就让花儿专心去热闹。只是这热闹经不起半点风雨，丢失得也轻巧。

风雨过后去做拾花之人。手心里一大捧，大朵的可以把它们重新拼起，有汁水淋下来，黏黏糊糊的，也不会感到不适。

　　自然的纯粹在于它总能给人惊喜，无论败落还是盛放。该有的身份从不丢失，矜持的时候自是矜持，没有了娇气也不觉得颓丧。即便枯萎到最后，倘若你把花枝拿来插瓶，捯饬捯饬也还是艺术品。

　　它美着，你发现了就发现，懂得了就懂得。不懂不看也不要紧，不影响它活过。林黛玉大概是最懂得这些的人，花儿落了葬进泥土里，质本洁来还洁去。

　　永远都只属于它们自己。

　　把拿回来的花瓣，一部分扔进桌子上的玻璃杯里，红红粉粉，清水里漂着，放在那里不动也有香气。另一部分写了文字，注了日期，随意夹在一些书里当书签，久了也就忘了。哪天翻起来的时候，总是有惊喜。

　　这些小情意太珍贵，当你不知道该如何拥抱失意，当一切寡淡，没有余味的时候，温柔去生活就够了。

　　爸爸在院子里养了一盆黄花菜，拿来做菜。我也摘过几朵，拿了花瓣写字，黄黄的背景衬着，觉得不好看。薛涛作笺大约也是嫌弃其他纸笺不好看，衬托不出诗的美好。既然自己动手，当然要做最可心的。

　　之后我就再也不用黄花菜，还是让它入菜好了，毕竟能吃的花不多。我对吃花这件事一直耿耿于怀，看武侠书里冰清玉洁的奇女子总是能随时摘了鲜花就吃，久了还能满身生香，吐气如兰。心里蠢蠢欲动，摘了花朵来试验，结果是苦了口腔。

黄花菜，我也是后来才知道还有个学名叫萱草，通常说的忘忧草也是它。不知为何，一下子又感到亲切了起来。

可见，内心多变也是一种造诣，以情绪化为引，三杯两盏下肚，完了对同一个事物就有了新念头。

新念头多了，孤苦就少了。总需要为自己找到出路，积极的那部分入了心，占的份额多了，消极的就没了空隙。

以花作笺的日子，我为自己留了太多。且留着，余生漫长，还得有幸福来指教。

# 局
# 部

　　时常会对整个物件的局部着迷，只容纳它部分的美丽，比如
衣服袖口处成串排列的扣子、围巾上毛茸茸的小挂饰、盆栽中央
昂着头像是顶着一张娃娃脸的叶子、书封上莫名其妙戳了心的句
子……而后本着对自己喜悦心的无限宽容抱回一堆在旁人看来无
用的东西。

　　倘若在楚国，我说不定就是那个买椟还珠的人。

　　在这一方面，我从不怀疑自己是处女座，把挑剔这一项发
挥到吹毛求疵的地步。只有任性的小追求，没有宏观的眼光。

　　一个过分遵从自己心意的人，有着负气的自由。对待事物
是这样，对待人也如此。毫不掩饰与掩饰不住之间有微妙的差

距。有欢喜之意的时候总是前者，反之就往后者上面挂靠。

对于一个成年人来说，这并不是什么成熟的态度。甚至于要时不时承担此番行径带来的恶果。

"只要你有足够的心力去承受幼稚带来的结果就可以不用成熟。"听他人不动声色地说出这些话，佯装淡定地收了。

毕竟不是每个人都可以只去面对清白天空，大部分人只能是在灰暗里学着明亮给自己看。

黄昏时出门散步，在屋里窝了太久，气色并不好，和红色落日形成反差。闭着眼睛在光线下伫立良久，能感受到花粉在空气中跳舞，是圆边的小花朵，有眼睛似的，窥得见你的神情。还有清澈的风，带着一股微弱的气流从耳边擦过。

睁眼的时候，看到路边有人在拿手机自拍。亲昵的三口之家，孩子的脸凑在前面，逆着光。有一瞬间不想出声，静静地看了一阵子。

收到朋友发来的微信，言及我最近写的文章，她路过书店，在某本期刊上看到，拍了照片传给我。用一种很诚恳的语调对我说，为你感到骄傲。

反反复复地编辑了很多句子，最后也只是说了句"谢谢"。也谢谢自己，黑暗的时候就制造光源，有光的时候就去变亮。

只拥有一部分，也将这部分打理得很好。

书柜里的书塞不下了，整理出来一些送给他人。从前我并不这样，不是舍得，只是因为看过的书上沾染的气味，留在空白页的字迹，都像是直面生活的勇士。用一种执拗的眼神盯着你看。和它们的视线对接，让我感到安心。

一个害怕回忆却又对回忆有情结的人，只能用这种方法来成全自我。

这些自以为洁净的癖好，浸泡了后，一点点软化，并没有不好。

依然拥有片面的爱好。也不否认整体很好。

慢慢长大，趁着还有力气骄傲。或者将这种骄傲一路保留，让骄傲也能骄傲得越来越漂亮，像这一路的风景，眼底的那部分是动情的美，视线之外也好，只是在当下的阶段没有领悟到它的重要。包括人，多面体的生活，谁又只能用单一的眼光去界定一份喜欢或者不喜欢呢？

想到那天散步时，最后被要求帮那和谐的一家三口拍照，欣然应允。画面动人的时候，不用技巧，也能拍出极美的照片。

有一张照片，妈妈的脸只有一半入镜，眼神却极其动人。我征求她的意见，要不要重拍，她微笑着对我说，很好，你看孩子笑得多好。

我探头一看，是，孩子的笑容干净到没有缝隙。真的很好。

# 流
# 光

入冬之后，就不会再剪短发。把头发留长，护住一点点暖意。下雪天最好，出门的时候，雪落在围巾和发梢上。想到这长长的路段，景色都一样白茫茫，就觉得充满了幻想。

一切都被覆盖，回到了原始模样。

在雪地上写字，不间断地有雪花落下来，盖住一些，剩下的字露个头，还能窥得见眉眼。每个冬天，都热衷于做这样的事情，乐此不疲。

我对冬天唯一的念想就是这一点雪，倘若它没来，季节拉得再长，都像是挂了个冬天的名号，了无生趣。

近些年来，能见到雪花铺满街的机会太少，通常都是零星散落，很快就融化。原本有期待的场景变得越来越精简，又束手无策。

"晚来天欲雪，能饮一杯无？"总要想起这句诗，念一遍，似是要等人来，把风霜隔绝在外面，室内藏着热乎乎的气息，点亮一盏灯，不用照亮全景，只要暗合需要的气氛就好。

心里也要点一盏灯，无声无息地亮着，知道下一刻该去哪。

苍凉的景象大多灰扑扑，没法热爱，总要试着在踏入那样的区域之前就建立一个安全的壁垒。可我自小倔强，纵然把道理想得明白，实践的时候还是会遇到出其不意的转弯，该躲避的时候偶尔还是会直愣愣地冲撞。在这样一个人人通透的时代，这是最大的弊端。

跟他人聊天时说到这样的感触。他说，只要能承受得了因为自己的某种偏执带来的后果就好，毕竟成年人时时需要为自己负责。我默然。

多年来希冀以一种平和的心态来应对红尘外界的飞短流长，可内里隐匿的信念遇到突破口时还是会跳出来，擦枪走火。一个不甚聪明的人学不来太过聪明的做法时，最好的办法就是让自己安全着地。

我尽力学习，在生活面前，大概我这一生都只能做个学徒。

出门时看到墙角的蜡梅，悄然立着，嫩黄的花蕊裹着丝丝冷气，拂过半空。穿过熟悉的小广场，看到那一簇簇绽放的蓓蕾，忽然有一根紧绷的弦静静地击打着心里的某个地方，消散的余音荡着回声。

蜡梅也倔强，寒冬里开得阔绰，灰暗或者凌冽都不影响它绽放。这样不经意间邂逅的风景也会激发起埋藏深远的激情。

面对这些的时候，又会觉得那些自以为深沉的念头其实都不值一提。

就像冬天除了冷意，还有雪花。哪怕是动荡里也会有幸福，想到这里就会觉得并没有什么理由自怨自艾。纵使岁月不宽宏，给予不了随心所欲，但毕竟留下了很多重要的东西。

心小一点，满足的时刻就多了起来。

冬天也倔强，雪花是它的软肋。一生中，能有这样的人或事，让你明知不可为而为之，明知该躲却不防，也算是一种幸运。

临睡之前，习惯读短篇的散文，细腻的笔触，遗留下的断章，承载着生活里无处不在的惊喜，借着别人的眼眸发现，有时亦是一种自给自足。

读到一句话：蓝色的天空里几朵白云在飘动，深绿的河水平静如镜。

一切描述都平静无波，掬起一捧，潺潺流光就溢满了指尖。

安静得让人起了睡意，恰逢窗外雪花又飘了起来。

所幸，这是个有趣的冬天。

# 我的黑色小礼服

　　抵触黑色很多年，对暗沉系的排斥似乎与生俱来，目之所及就会感到奇异的恐慌。人总难以避免会有自己的桎梏，倘若是天性里的不知所措会更难应对。

　　白色、蓝色、绿色……我能把这些颜色妥善地归置到生活里，任它们乖顺地发挥自己的天性。唯独黑色，像个孤独的猎手，只能独居在森林里。

　　我不愿意接受它，似乎一碰触就要被黑色腐蚀。这大概也是一种偏执，非常在意或者排斥一种事物，尽头都有不可掌控的力度。

　　直到近几年，才开始接纳黑裙。在此之前，不管别人说了多少遍，黑色是经典色，也不管时尚杂志上看到多少款经典黑裙，我都不为所动。

无法定义这种情绪，也许只是阶段性地难以接受。或者内里有很大的强度在排斥长大这件事，也会把这种鲜明的抵触情绪寄托在某种事物上。这是一个朋友告诉我的，我们一度无聊，对此进行猜测，并无强大依据。但有时看着身上低龄的娃娃衫，也会生出这种怪异的感觉，会不会确实是这样。因为对黑色的印象大多跟成熟有关，所以逃避着，不去接纳。

韩国电影《我的黑色小礼服》开头的场景就是几个女孩子在毕业典礼上抱怨为什么毕业服一定要是黑色，是不是因为代表着一切都结束了。

毕业典礼用一种隆重的仪式把之前的生活和以后的人生画了条分隔线。直到她们在细腻又忐忑的生活里出入，经历了褒奖和诽谤、失望和迷惘、刺激和憧憬，想要跟世界说很多话，可除了哭又发不出别的声音之后，才真正学会了不惧怕生活。

黑色，有一种过分沉重的意义是终结。它具有神秘感，也有冷静和悲哀。无端地被赋予多层意义。

开始尝试穿黑色，是因为身量气势都不足，顶着一张低于实际年龄的面孔，怎么看都跟成熟不搭界，遇到重要的场合，要仰着脖子，费尽气力，即便这样也没办法跟人匹敌。气场不够，只好拿衣服来凑。

选择黑色衣服的标准极其简单，线条流畅就行。穿在身上，即便素着一张脸，也能看出成效。晚上出门，和黑夜融为一体，就不怕黑了。

买过一件黑色小礼服，太过隆重，扔在衣柜里，很少有机会穿。没办法想象踩着高跟鞋穿着礼服坐在办公室忙得焦头烂额，抓头发的时候随时可以把妆蹭花。

这么说来，我似乎依然不爱它。

但是进入一个年龄段之后，开始接纳一种成熟稳重的基调进入生活里，跟着它趋向平和，能给人指向性。有些状态需要你保持冷静、沉默，不能一味地姹紫嫣红着。面对咄咄逼人或者摇摇欲坠时，无法估量，就让自己定一下。脚踏实地，踩出寂静的气质，会有安抚的作用。再者，一辈子是个静默又有延伸性的词，你总要在这个延伸的过程中，接受它多变的可能性，适应它带来的任何一种颜色，哪怕不能跨越，也能站在同一立场上对峙。

对我而言，黑色是成长的颜色。虽然我没有爱上它，但懂得坦然接受它带来的转换，学会了喜欢它给予的改变。

瓦檐上有绿苔，树底下有阴凉。世界的美在于黄昏也有夕阳，给你漂亮；黑暗里也有光亮，伸出五指，夹缝里也能照得到。

# 味道

重感冒，吃了药，昏昏睡去，醒来后，脑袋耷拉着，支撑不起来。去厨房给自己煮面，水开后下面，几分钟就可以搞定，撒上葱花香菜，再加两滴香油。

因为感冒要忌口，清淡，不能放辣椒，此时倒也不觉得滋味寡淡。满屋子的香味，趁热吃完，脑门上都是汗涔涔的。整个人似乎好了许多，抱一杯白水，坐在沙发上，慢吞吞地咽下去，就又有了气力。

我对味道异常敏感，小时候每次感冒，妈妈带来的都是这个味道，一记就是好多年。在外面的日子，无论病得多沉，只要遇到这个味道，就能唤醒沉睡的味蕾。

对一种事物有执念，不管它埋得有多深，都会被挖出来。倘若有力量，就能给你一个怀抱，靠过去，就有星光洒落。

这独一无二的味道，是我的星光。

这世间，稀稀拉拉就被扔在身后的东西不少，唯独食物，是永恒的治愈系，扔掉一样，还会捡起另一样。一度喜欢的食物会被抛弃，一度厌恶的食物也许某天就会被拾起。每个阶段都有不同的爱好，像是亲密的依恋。当然也有人，对某种事物，有着一生的情结，做长久的告白。我不是，对待食物，我能延伸出长长的触角。每一样都愿意去接触，纵使不能接纳那个味道。最坏的结果就是只做一次尝试，从此再不提及。所幸这种凶残的状况并不多，食物大多温和，具有让人心思优柔的功效。

有一阵子，这个城市到处都在施工，修完高架桥修地铁，硬生生让人无处落脚。车子有气无力地堵在路上，叹气都没有声响。密密麻麻的行人，单一地支撑着各自的路途，谁也没有避让的空间。

在路中央站久了，疑心自己患了密集恐惧症，周遭一切都像是褐色的中药颗粒，化开之后，不黏腻，只看着，也会觉得苦。

为了避开这种局面，我开始每天下班之后，走路回家。不算短的距离，走得心无旁骛。直到发现了一条窄小的街道，丝毫不打眼，但也全然不黯淡，因为有那么多食物，散发着诱人的香味。

小街道的热闹是从傍晚开始的，油汪汪的豆腐在铁皮锅子上煎着，麻辣感四溢的烤串一下一下地探着头，还有糖炒栗子、鱼皮花生……要把这些一样一样地吃过去才算畅快，而后颠颠地跑去买杯奶茶，记得嘱咐老板一定要是蓝莓味。

胃里充实了，就能安心地回家了。路上没有敌人，只有自己，有满分的快乐。

每天把这满分的快乐练习一遍，久了快乐就会上瘾。任何东西都有上瘾的可能性，不阻止它的发生，如果有益，甘愿为它做助攻。

喜欢上做饭也是从那时候开始，即便吃得不多，一人份往往会剩下，还是会变着花样地做。渐渐迷恋上这种感觉，自己营造出一种滋味，可甜蜜，可辛辣，也可各味搀杂，每种都在触及舌尖的瞬间造化出不一样的惊奇。

情感的抵达，通过味蕾就够了。
不同的味道纷至沓来，收着收着就收来了快活。

# 用文字绣心

　　书写的过程，于我而言，是一种静默的抒发。一个人待着，不用说话，手中的笔不停，填满纸张上的空白，还有心间的空白。

　　像弹奏钢琴的人，敲下黑白键。

　　黑白键间有声音，纸上只有沙沙的停顿。呼吸滞重，眼耳口鼻，所有的情感都通往一个方向，周身是安稳的滋养，不知何时何处能靠岸，似乎只能飞翔。

　　看不清自己的神态，会停下来喝水，在屋子里走来走去。拉开窗帘，看到外面的光景，清晰地直面宽阔的世界。而心里却像是艾略特笔下的《荒原》：长着丁香，把回忆和欲望/掺和在一起，又让春雨/催促那些迟钝的根芽/冬天使我们温暖，大地

/给助人遗忘的雪覆盖着，又叫/枯干的球根提供少许生命。

就是觉得内里是空荡荡的，要把它填满，要让它焕发出生机。有一种不安的驱使，也有一种高涨的热情。

不知道该怎么令自己安稳下来的时候，就写字。这是唯一的寄托。

不想让这一生长成光秃秃的坡地，要种上草，一棵一棵，看着它们把绿色染成一片。心上的坡地也是这样被染成绿色。

也不知道这样的状态会在何时结束，只能被它牵引，所有的危机、人情、世故……都在这一个又一个小小的方块字里了，它们原本没有联系，经由心的脉络，被组合在一起，成了可以颤巍巍发声的标志。

塑造这一切的过程，总是令人开心。

它们每一个，诞生时的随心所欲，我无法掌控，间接造就了文字的凌乱，段落与段落之间并无关联，可它们又是在同一阶段思维下的产物。

那么整齐地排列在同一空间内。

我喜欢做这样的事情，无论起笔还是收梢，都那么融洽。

也得到过一些人的鼓励，是孤独之中的焰火。只需一下子，就能点亮整个夜空。多年前，敏感、怯懦、不自信，除了青涩的愿望，什么都抓不住。有初识的编辑在我面前站定，他说，你的文字就像石榴籽，透亮晶莹，你要试着把石榴籽一颗颗挖出来，要给自己时间。

我瞪着眼睛，不敢回答，在黑暗中拍打着胸口。一切都刚刚开始，有漫长的时间去追寻，哪怕现在写得不好，明天一定会比今天好，未来一定会比现在好，总有一天会好起来的。

我在黑暗里冲自己点头，微微地咧嘴笑了。

身后不知道有没有花儿，朝着太阳开，转动着脑袋，就朝着太阳的方向，吸纳了阳光，它会越来越娇艳。

所有的美好都需要重量，带着重量上路就好。

如今回头张望，看不见那时的自己。一度也会怀念，那种心思澄明，一心一意，不为外界干扰的时光。只是书写着，不发一言。

做一个静默的书写者，比任何外在的称呼都要响亮，这是一项沉甸甸的荣誉，我把它做成勋章，挂在左心房。

还有一生的时间，可以照耀，可以幻想，可以守候。

# 糖果

　　我不嗜甜，但会随身携带糖果。包包夹层里放几颗，办公桌上玻璃杯子盛满杯。五颜六色的水果糖，图个好看。味道不一，舌尖上缠绵，各种滋味。

　　很少吃，只是为了备着。

　　轻易就能获得的甜蜜，被收在身边，跟容纳了恋情似的。任何有助于产生幸福感的东西，我都乐意跟它恋爱。

　　**我轰轰烈烈而来，你气场全开应对。一拍即合，不用过招，不留退路。这是最想要的针锋相对，针头不尖，锋芒不锐。**

　　糖果带来的滋味，更多就是这样温和的相对。小孩子的世界里没有茫然和困惑的时候，一切都是糖果味的，他们恋着糖，更像是恋着一种被赋予的甜蜜。

成年人也喜欢被赋予甜蜜。倘若在苦涩到无以复加的时候，给你甘甜，就是满足。有时候，无法给人安慰的时候，我都会送人一罐子糖果。

惦念和关怀，不知道如何表达，只能给你一份糖果的甜。有些只能依靠自己扛过的苦难，你要走过去。走到尽头，总有甘甜。

这是最俗气的安慰话，可有些状况，除了俗气，别无他法。

逛超市的时候，见到一对小朋友，六七岁的样子，站在糖果区前面，很认真地挑选。小男孩问小女孩，你喜欢哪个味道的？两个人嘀嘀咕咕地在那讨论着。我站一旁看着，都是有爱的。

没过一会儿，俩孩子就被家长拉走了，被一本正经地训诫，不能吃太多糖。看着俩孩子一步一回头的小模样，令人忍俊不禁。

每个孩子似乎都有这样被勒令不准食用糖果的经历。童年时，住在外婆家，她总要把糖放在高高的柜子上。我就搬条凳子，踩着上去拿，小小年纪，为了甜食费尽心机，摔着都是不怕的。那时候，糖果都是甜味。而大人的糖果甜味度降低了好多，往往要吃很多颗，可他们已经不怕蛀牙了。

去看一个生病的朋友，她经历了车祸，医生告诉她手术之后腿上会留下很深的疤痕。她靠在床上，腿上打着厚厚的石膏。

病着也很漂亮，她是一直漂亮着的那种，她问我以后穿裙子会不会不好看。我把带来的糖罐放在桌子上，顺手剥了一颗糖给她。

是奶糖，味道很淡，她爱吃的那个牌子。

她噙在嘴里，眼中蹦出几滴泪，突然倾过身子抱着我。眼泪落在看不到的地方，左肩上都是湿意。

已经很庆幸，没有大碍，过一阵就能出院。为这，我满心都是感恩。

甜味淡的时候，我们就多吃几颗糖。不被幸运之神光顾的时候，就多给自己一些治愈的动力。痛苦和快乐之间，有一条很浅很浅的沟壑。

没有多长，不要让害怕纷至沓来，挡住了勇气。

用力地攫取甜蜜，毫不犹豫地送出甜蜜，哪怕它的好处并不持久，只是以秒计算，那也有一秒的好处。

**我给你快乐，你要接着。然后学会自己快乐。**

# 手心有信

倘若还有蜷缩的温情可供人收藏，一定要竭尽全力给它们一个稳妥的去处。站在时光轴上看风景，眼睛里都是酸涩。很多东西呼啸而过，伸出手去，捞到的都是一些没有结局的故事，泥鳅一样哧溜一下从手心滑了出去。

在走到这个在意的东西越来越少的年龄，总是不知道还能保存什么，只好选择用收集明信片的形式去挽留碎片式的细节。

很多年不写长信，害怕连这样三言两语的寄托也丢失，手写信成为一种只能住在回忆里的传统。我对老式的东西总是存着爱意，不愿丢弃。

每去一个地方，都给人寄明信片。拖拖拉拉地行走在陌生城市里，寻回一些气息，渴望能传递给更多的人，心中也明镜似的开阔。

三月尚未开成大片桃花色，身上还穿着厚厚的外套。坐在一家小店内，压着情绪看一个故事，线条太低婉，最后读不下去。只好搁在一边，等到收一收情绪再来看。

室内暖气太足，脸部轮廓都在热涨，红茶喝了一杯又一杯，仍旧挡不住心躁。可又不愿意出去，对外面的寒气亦有畏惧。

说到底，这真不是个讨喜的时节。由此，我就更盼望四月，迷人的四月，不具备侵略性的温度，可以和任何人匹配。

每年四月，我都会收到一些明信片。来自不同的朋友，并无约定，只是刚好都在暖洋洋的当口出游。每一张上都有耀眼的热度。

有一个系列的明信片，隔一阵总要收到一次。植草繁盛，流动着的安静，写着"时间要浪费在美好的事物上"。只看这背景，就知道要传达的心情。

有些情绪总是很难拿捏得当，有些话心里百转千回也总是不适宜说出口，靠着这些字句就一并捎带了。

　　我寄明信片时总是捎着情绪，带着那一刻的心情或者持重的想念。有时心情太宽松，有时想念太紧凑，都很难有确切的度。但收信人看到时，总能轻易地猜到一切，问我是否快乐。

　　对于在意的人，我们总能够把细腻发挥到极限。淡一点浓一点，黏稠一点稀薄一点，有人察觉，还是会有一种被珍视的感动。

　　行走中碰到过一个和我同龄的女孩。那时，我从一座古寺里出来。下山途中，因为生理痛，整个人冷汗涔涔，在熙熙攘攘的人流里感受到绵延的恐慌，只好在半山腰找了家茶室坐下来。进门就看到室内有个大红色的邮筒，很招眼。有游客抱着邮筒拍照，大大咧咧地比画着各种搞怪的动作。我这个局外人看着都觉得欢腾。

　　她就那样跑过来，问我能否帮她拍张照。声音很小，略微带着紧张感，应是不擅长跟陌生人打招呼。头上还扎了两条晃悠悠的小辫子，脸上挂着软软的笑，在满室喧闹的映衬下，安静到没有分量。

　　她手里拿了好多张明信片，站在邮筒旁边，投递出去。在镜头面前，她也拘谨，笑得不自然。我把拍下的照片给她看，询问她是否需要重拍。她摇头，已经很好了，就是做个记录。

而后摊摊手，没办法，我只带了我自己出门。

我被她逗乐，我也一样。

她点了杯热牛奶给我，将我面前的咖啡杯推开，"你得喝这个。"

我接过来，没有推辞。是一个敏锐又和善的女孩子。

那个午后，她就在我对面坐下来，支着下巴，室内就那么大一点空间，我疑心她都能记住来来去去的面孔。大概是看我难受，也并不怎么让我说话。一杯牛奶喝完，她又嗖的一下跳起来帮我点了杯红枣茶。

这下，我有点不好意思地笑了。

身体的不适逐渐缓解，我俩有一句没一句地聊天。聊的什么完全不记得，眼前只有她那张带着明晃晃笑意的脸。

我并不敢确信一个陌生人会因为遇见我而选择打乱旅行节奏。在她陪我坐了很久之后，我犹豫着问出口。她笑笑说，一个人走路，总会碰到各种难题，我遇到过很多次。我惊讶，这经历和她乖巧的面孔、害羞的问询太不相符。是不是坠入漂泊里都会拥有一颗孤傲又柔弱的心？不管背影多沉稳，面上都带着风霜。对异乡停靠的人，都会伸出多情的援手。

不，我并不敢确信每个人都如此。但能遇到，陪我画下一个长长的停顿号，已够把这情谊投递给未来。

　　告别时，她提议给彼此寄一张明信片。我应声，认真地想了很久，把所有感谢的话都写在上面，一张卡片只剩下边角。落笔后，看来看去，每个字似乎都很俗气。

　　后来，我收到她寄来的明信片，上面只有一句话：我们对面坐着，犹如梦中。字迹潇洒大气，端正地刻在邮戳下面，拖着长尾巴。

　　我不知道她的名字，也再没有见过她。

　　每到一个地方，我都习惯给自己寄一张明信片，那是唯一一次借助一个陌生人的善意全盘接手了该有的流程。

　　我收到过很多陌生人寄来的明信片，他们循着我在网络上留下的长长短短的文字，了解到我的喜好。凭着对文字的喜欢，对我生出亲近感，什么都不问就带着一颗真心来投递。一个学中医的女孩寄来一张手绘的俄罗斯夏宫花园，有成群的白鸽飞过森林，优雅地宣告着对一片静谧空间的信仰。

　　我通过微博短短的不足一百四十个字，以不稳定心情为依托而衍生的叙述里了解过她的生活，喜欢绿植纤繁，草药清正，对文字有一种天生的敏锐。红黄蓝绿都能在她缠绕的时光里吐出藤，生出支脉。也爱繁芜琐碎，既有温手读书的静气，也爱厨房叮咚的嘈杂。任一角度都收拾得从从容容。

这些不用交流而得来的细节，将我们放在一个安全的距离内。只是因为欣赏才想要了解，并无不妥。这种相处模式脱离生活，匀称地在生命里散落，需要时拾起，多数情况下只是安稳地过活。我们只是对方夜半钟声外的客船，停了一程，只为了那一程的值得。

就像她在明信片上写下的话：一年始，一年终，在一年里遇到一个值得的人，要积许多的善行。

这善行偏如散珠，被我们串起，系在了一起。

有个姐姐从台湾诚品书店寄来明信片，她说，你一定要找到一个予你情意圆满的人。我抱着殷实的心思等了许久，未果。

年初，她递来消息，披上了婚纱，嫁的就是那个给她情意圆满的人。多年前，逗趣间承诺，若一日，我能开一家书吧，一定要给她留个专座。

现今，看着照片上沾着幸福光泽的新娘脸。我暗想，这座位以后要留两个了。

云中谁寄锦书来，一并寄来了太多。我贪心，全部都收着。

# 花事未了

乡下长大的孩子，对野花都不陌生。田垄边，草坡上，半山腰，到处都是，开得肆意又不显张扬。那是我小范围的记忆，轰轰隆隆地席卷过每个念及旧事的时刻。

往事之所以甜蜜，是因为澄澈，没有哀伤也没有波澜。虽说长大后并不常和人提及，那也是因为想要给自己留一个秘密通道，刮风下雨的时候，躲进去。

我幼时寡言，心思又敏感，总爱和植物待在一起。随妈妈下田，被安置在半山腰的草坡上。顺着草坡往下看，太高了，彳亍行走的人在视线里只能是模糊的光点，一层一层的稻田往下曼延。抬头往上看，碧蓝的天空包裹着奶白的云朵，我把手搭在眼睛上，闭上又张开，就会感到景象一闪一闪。

这种看似无聊的游戏，我也能玩得不亦乐乎。

直到倦怠了，就下去采点野花。春天里，花儿跟约会似的，不打招呼就往外跑。迎春花，一开就是披头散发，黄色的小花朵看着像是姑娘的小发夹，我有时也会摘一朵别在头发上。小雏菊在我看来是最没有脾气的花儿，路人一摘就是一大把，也没见它恼过，还是闹腾着开，走到哪都能碰上它天真烂漫的容貌。酢浆草最不矫情，花好看，颜色也不单一，最重要的是叶子能吃，酸酸的，随便掐一根叼在嘴里，嚼一嚼，口齿生津。倒也不是真爱那味道，只是周围的孩子都吃，也就觉得好玩。

我最爱的还是槐花，白白胖胖的，好看，味道也清香。捧一大把碎花瓣装在玻璃瓶里，搁在床头，夜里入梦都是香气。开的时候天气已经暖和了，搬把椅子坐在树下，一伸手就能摘下来一大串，把花瓣一个个送进嘴巴里，眯着眼睛晒太阳。味道甜丝丝的，不腻。

槐花还可以入菜，我们总是衬着花期，贮存一些。奶奶喜欢蒸槐花，把槐花洗净，加了面粉揉匀，放在笼屉上蒸。蒸熟之后，拌了吃，我嗜辣，总要放许多辣油，吃得额角冒汗，所有的不痛快就都消散了。

奶奶见我爱吃，也就乐意做。

有野花的地方就少不了野草，狗尾巴草是最常见的一种，梗着一段长长的身躯支撑着毛毛虫似的大脑袋，总像是太累，一垂头就要睡着。我们喜欢拿它做些小玩意儿，两根草并排缠绕几圈，露出前爪和脑袋，轻轻巧巧就做出一只小兔子。至于戒指和手环就更简单了，随便把几根狗尾巴草编成麻花辫状，编成一条，然后弯个圈打成结就行。它姿态柔软，被我们随意地折腾出各种造型。玩过家家时，没有首饰，几个孩子一起蹲在草地里，一会儿就编好了。每个人的脖子、耳朵、手腕上挂的到处都是。绿油油的，那是我们眼中的漂亮。

我到现在也还是喜欢去花卉市场转悠，见过很多名贵的花草，好多叫不上名字，听旁人讲解半天，还是迷迷糊糊。太多花草的名字都贵气得很，让人疑心。

春天回家的时候，陪爸爸去采马齿苋。爸爸问我还记不记得小时候吃过这菜，我想了想，往事恍惚又透明，怎么可能忘得掉。

有过那么多的花草，带着乡间清爽的印记，烙在了身体里。无论走得多远，都能闻得到那香味。

# 礼物

　　每次给别人送礼物之前，都要选好包装纸、礼盒，层层叠叠，尽力装扮成最好，哪怕是一件很小的玩意儿。

　　花在包装上的时间，丝毫不亚于挑选礼物本身。把送礼物这件事做得一丝不苟，这倒像是一种执念，人为地把一件事情做成了神圣的仪式。

　　我从来不送别人同样的礼物，每一份礼物一定要贴合着他人的爱好、性格，然后还要笨拙地写上祝福语。

　　这个习惯是从小养成的，小时候送出的礼物大部分是手工制作，并不好看，多的只是心意。因为我自己热衷于拆礼物，短短几分钟的时间，有对未知的期待，有薄薄的喜悦。总想着把这喜悦传递给旁人，所以就一厢情愿地把所有人都当作热爱过程的人。

我爱这植满快乐的过程，因为这份积攒，才让收到的结果充满了绵密的触动。

收到最具纪念意义的礼物，却跟心意无关，更像是在用一种负气的形式把一段感情拉长。最后绊倒了自己，还要用劲爬起来，却不明白为何会倒下。

像大多生涩时代的经历一样，以友谊的名义喜欢一个人，并不敢表白。牵绊、挂怀、想念，所有一切来温暖他，不顾自我的事情做了个遍。忘记了这世间还有个词语叫强求不得。

在意识到可能会再也不能相见的时候，厚着脸皮问他要过一份生日礼物，生平唯一一次。声音压到不能再低，哪怕不能拥有，总要留下点什么啊。

不能跳支舞，就唱首歌吧。不能拥抱，就留一点气息吧。

在那个自以为留有证据比什么都重要的年龄，并不晓得真正意义上的放开自我是什么，往往把束缚当成解脱。

问他要的是一块玉，心思懵懂地取了《诗经》里"投我以木桃，报之以琼瑶"的意思，我是真的送过桃子给他。

那是可食的礼物，甚至不会想到是礼物，更别谈其他复杂的心思。只我自己一人，悄悄地知道。

特意跟他说只要最便宜的玉石就好，似乎只要跟玉关联，就有了意义。佩戴在身上，一个人也能示范着永以为好。

张爱玲说："见了他，她变得很低很低，低到尘埃里。但她心里是欢喜的，从尘埃里开出花来。"就是这样的表达，捂在心口，说不出话来，只有短小的轻叹。

急促地，很快就收，怕他听见。

他到底也没有送我一块玉，收到的是串玛瑙手串。说不上特别失望，当你顾影自怜地去做一件矫情事的时候，就要做好不被捧场的准备。

手串我一直戴着，哪怕后来收到过更好更贵的，都舍不得取下。久了，绳子磨损，断掉了。没有拿去换新绳。搁在了抽屉一角，连同搁下的还有他。

年龄大一点，伤神的事情就做得会少一点。再者，放下一个人，有时候可能是从一段回忆、一件礼物开始。

多年后，收拾东西的时候，手串被翻了出来，我捏着绳子断裂的部位，勉强套在手腕上，说不上哪里不对劲。也许从一开始就不对吧，毕竟我想要的是一块玉呢。

历历往事，都被时间碾压，不动声色地就过去了。

也收到过温暖牌的礼物，爸爸送的玻璃镇纸。极其小巧的物件，中间还有一朵青花。起初也时常拿在手上把玩，后来不大热络了，偶尔拿出来压一下书。

但一直妥帖地收着。

有些东西，就像安稳的守护，想到的时候，不是喜气洋洋，而是平静，异常平静。我送过一支钢笔给爸爸，他的字大气漂亮。故而，总要时不时地唠叨我几句，不好好练字。这点我时常遗憾，没受他的影响，尽心地练练字。

他收到笔的时候，乐滋滋地拿去写字。过了会，又小心翼翼地收起来，叹一句，哎呀，我还没用过这么好的笔呢，要收着。

我探头看了看他写在白纸上的字，是我的名字。一瞬间觉得那么有安全感。

这两年，自打他学会用淘宝之后，总要搜罗些稀奇古怪的玩意儿，然后发给我看，让我买给他，像个孩子似的。

我教过他怎么网上付款，到底也没学会，还是乐呵呵地发给我。他有时候不知道该跟我说什么，就用微信传图片给我，家里的花草、路上看到的小狗，都要给我看。慢慢地明白，或许他只是需要我，迫切地用各种形式来呈现。

能被他需要，是莫大的福气。能被人追着要礼物，竟是会萌生出幸福感的啊！

我送出的最缥缈、尺码最大的幸福感，是给一个相交十余年的朋友。空落落的一张白纸，书着一个愿望。

送她一个愿望，无论多少年，都可以来兑现。像是《神雕侠侣》里杨过送给郭襄三根银针，满足她三个愿望。我没有杨大侠那么潇洒，只能送出一个。

郭襄的愿望也实际，第一个要求他让她见到他的真面目，第二个要他帮她过生日，而第三个愿望，在杨过以为小龙女死了之后，想要自杀的时候，郭襄千里迢迢追到他面前，拿出第三根银针说：希望他好好地活着。

**第一个愿望只因我爱上你，我要看看你；第二个愿望是成全我自己，毕竟我爱你；第三个愿望，我爱你而不得，也要你好好地活着。**

第三个愿望，一度让我落过泪。

所有我爱你之后的成全和守望，都是深沉的信仰。有过信仰的人生，才会涵盖长长的路径，一步走，一步收。

　　送给朋友的愿望，她到现在都没有向我兑现。也许要等到头发花白，我们坐在一起晒太阳的时候吧。

　　她会不会突然对我说，哎，你要满足我一个愿望啊！是什么呢，我想想，记不记得我们小时候吃的豆沙糕，就是学校大门口往左拐，十字路口那家。我想念那个味道了。

　　到那个时候，我应该怎么去给她寻那个味道呢，谁知道当年的那家点心铺子还在不在呢？

　　想到这里，我笑出声来。

　　心口里咔嗒一声，鼓了鼓掌。喜气稳妥。

# 恋恋高跟鞋

从想要拥有一双高跟鞋到鞋柜里各式各样的高跟鞋塞得满满当当，生活马不停蹄，又时不时抖搂出窸窸窣窣的颤音。鞋底尘埃，心间人生，一荡漾就只剩下十年踪迹。

一个女孩子最初对成熟的向往，往往是从一双高跟鞋开始的，细细的鞋跟、尖尖的鞋头，抑或是晃动的流苏和水晶，都是能招惹人眼的东西。于是，有人说，每个女孩都应该有一双好鞋，因为这双好鞋会带你去想去的任何地方。

我的愿望也曾跟一双高跟鞋有关。

18岁那年的夏天，终于甩掉了浩浩荡荡的高考，一身轻松地去逛街，遇到了人生中第一双心仪的高跟鞋，简洁的白色，近十厘米的细跟，明明暗暗的花纹闪烁，心瞬间动荡了起来，我低头看了看身上的牛仔短裤、帆布鞋，对比之后，隐约觉得中间隔着漫长的距离。果不其然，踩上高跟鞋的那刻，完全站不稳，不大一会儿就跌跌撞撞地败下阵来。同行的朋友拉过我，大大咧咧地说，我们去别家店逛吧，这里不适合我们。我默默地任她拉着出来，只是在跨出店门的时候，又忍不住回头望了那双鞋子一眼。

朋友不懂，那双高跟鞋里寄托的情怀，就像三毛在《蝴蝶的颜色》里提到的自己对20岁的渴望是一支口红那样，高跟鞋也不过是我眼中所谓成长的外在实相。在我没有成长到能够同它匹配的时候，我有的，只是对它的幻想。

就在那个假期，我遇到了一个已经步入大学的学姐，她极有兴趣地向我描述着大学的种种，花红柳绿的心情，似乎每一天都可以无比充实。我在她眉飞色舞的神情里，注意到的却是她脚上的那双高跟鞋。有着我不能想象的高度，也有着漂亮的气质，镂空水晶的底子，颜色张扬又明亮。我能想象得到的童话故事里的公主的水晶鞋就是那个样子。

学姐看出我喜欢，问我要不要试试，我告诉自己要拒绝，却还是没有忍住点了点头。结果不出意料，我依旧把鞋子穿得东倒西歪。她盈盈地笑了，淡淡地说，不用紧张，女孩子哪有不会穿高跟鞋的，这是天性，穿几次就会了。对她的话，我不置可否，也许我是真的没有这种天性呢。**当时的那**

种傻气，对自己的不信任，现在想想，更多的是对喜欢的事物的胆怯。

在我拥有了很多双高跟鞋的今天，我突然很想要回去拥抱当年那个穿着帆布鞋，仰望着橱窗的自己。

20岁之后，我对高跟鞋的渴望更加强烈。一方面是因为对它生出的浓厚的幻想，另一个原因是我的身高停留在了18岁的高度，再也没有拔过尖，成为了人群中娇小的那一个。我天真地以为高跟鞋能带给我强烈的气场，不同的鞋子是不同的气场。反之，穿上平跟鞋立马矮下去一截总是让人不那么畅快。

倘若你爱的裙子有着长及脚踝的美丽，你就必须用一双足够风情的高跟鞋来配它，才不会使娇小的身躯撑不起裙子的弧度；倘若你喜欢的男子有着需要你抬头仰望的高度，一双高跟鞋能够带动你酣畅淋漓地在他面前展现自己。

这是我曾经的执念，自以为一双高跟鞋能改变很多东西。并非没有因为高跟鞋受过伤，崴脚、摩擦脚跟起皮是常有的事情。有时候因为疼痛需要在脚后跟上小心翼翼地贴上创可贴的时候，就会突然想起那年和那个穿着漂亮高跟鞋的学姐逛街的时候她说过的话，高跟鞋是漂亮，可让人脚疼啊！可当时，我眼中除了它的漂亮，什么都看不到。

直到工作之后，需要面对的不再是学生时代的各种旖旎的情调。在我穿着高跟鞋奋力追赶公交车的时候，在我穿着高跟鞋走过一站又一站路去做市场调研的时候，脚被磨得红肿胀痛的时候，我终于意识到了平跟鞋的好。柔软的、清爽的，包裹着不让脚受伤害，并且也有它小巧玲珑的美，每一双都有静静的安好模样。

我开始尝试平跟鞋，惊讶地发现，平跟鞋也并不像想象中那样让自己看起来灰突突地湮没在人潮之中。

我渐渐明白，变的大约不是鞋子，而是心境。我已经成长到不再为喜欢的事物胆怯的阶段。在日益充实的生活里，意识到了很多宛若水流划过心畔的美丽：喜欢的就去争取，或拥有或放手，不给自己留遗憾。学着为自己的人生着色，让它锦上添花，而不是借助外在的力量扮演着雪中送炭的使者。假若我内心不够强大，就去努力结自己的茧。假若我气场不够充足，就去丰盈自己的气度。我们真正需要仰望的天空，更多地是要借助自己。

我穿漂亮的高跟鞋，在它应当出席的场合；我也穿舒适的平跟鞋，在我需要让自己放松的时候。

在这样转换的过程中，更多地是理清了自己的需求。无论是年少时对美丽的渴望，还是后来的蓬勃生长里对魅力的认知，都不过是在生活的跑道里一如既往。

回想起来一段记不得出处的话：一个完整的女人，应该是既会穿优雅的高跟鞋，又可以脚踏平跟鞋在泥土地上接地气而生活。既应该在工作中挽起袖口，懂得自我奋斗的价值，又能够在某一时段，懂得适当地转换身份，轻盈地站在高跟鞋上。

我想，就是这样。

# 棉布素衣

　　似乎每个女子，对于衣物，都有一种贴心的偏爱。只不过因着习性不同，喜好也有所差别，有人爱那张扬的华服，新潮的款式处处透着时尚；有人爱那简洁的绸衣，流畅的线条有着柔水一般的触感；还有人爱那多姿多彩的民族服饰，穿在身上，兀自像个精灵。

　　相处的时日久了，衣服显然就成了一个人的象征。那些或古典或淑女或活泼的衣物总是会让你不由自主地想起某位女子来，瞧，这不是她的风格吗？你在思量的时候，那个女子的音容笑貌瞬时就浮现在眼前。

　　就这样，衣服和人完美地结合在了一起，衣服衬托着人，人成就了衣物，形成了一种特色。望过去，每一处都是风景。

在这一道道浓淡不一的风景里，我最爱的是棉布衣物的素雅。

棉布衣物无疑是素的，没有繁复的纹路，颜色也大多偏静，透着一股子清新劲，看起来就像害羞的小姑娘，不事张扬，腼腆地站在角落里，不避也不闪，只那一双水汪汪的眼睛望着你，瞅得你心生欢喜，由不得你不怜爱。

因此，每次逛街的时候，虽然眼睛也会在大片大片的锦衣华服里逡巡，但最后都会悄无声息地落在一件安静的棉布素衣上。这大概也是因了人的性子，若一个恬淡的人，硬生生地拿了光鲜明媚的衣服来配，难免会有气味不相投的感觉。

抱着这样的态度，终日只爱着棉布衣物的素淡。为此还被朋友嗔怪，怎么就不能换个风格？花枝招展的年龄怎么就不能穿出红红绿绿的格调？偏生了要往陈年旧景里扮？我笑着辩解，棉布衣服怎么可能是旧景呢？它熨帖，能够完美地贴近皮肤的纹理而不会令人不适，穿衣，为着美丽的同时，更重要的是要舒服可心。再者棉布衣服不是不美的，只不过那美是安静的、浅淡的、内敛的，你要懂它，才能觉出它的好，你若不懂它，也不必爱它。

这是衣物的品性，自有它的清洁和美意。

记得幼时，母亲为我买过一条奶白色的棉布连衣裙，裙摆处绣着椭圆形的花朵，一簇一簇的，甚是招人怜爱，穿上它的那一刻，幼小的心灵涨满了圆嘟嘟的喜悦。那快乐，太过真实，以至于很多年之后我都还能清晰地忆起。后来，终于长大到可以为自己添置衣物的年龄，棉布裙宛若一种埋在心里的信仰，被我轻轻地挖出来，踏踏实实地穿在身上。

我穿着它们，走过清幽的小巷，走过灵动的山水，走出那座静默的小镇，走过人生的每一处跌宕。我和它们相逢，每一处都似蕴含着奇迹。

棉布素衣像是我真实的朋友，包裹着我灵魂的躯壳。

想起前阵子，出门的时候，在街角看到一个穿白色棉布罩衫的女孩子，低着头站在路旁等人，长发在风中飞扬成好看的弧度，姿态安静得仿佛拥有一个独立的世界，连头顶绿意葱葱的枝叶都不及她生动。

我注视她半晌，突然意识到，这是春天来了呢。春天是最能衬出棉布衣物的季节了。蒋勋先生在《此时众生》里写道：春暖以后，穿着布衣，看着街上花花绿绿绫罗绸缎，繁华耀眼，真是人世风光。

我爱这人世风光。

# 银戒

看到一枚小巧的银戒,中心镶了朵樱花。四月里看来,分外可人,戴在手指上,好似整个春天都在手边。

最终还是没买,一个人清淡洒脱地从柜台旁走过,心窝里带了一场回旋的告别宴,一闪而过。大概是从来不觉得,这世间的喜欢都要被囊括入怀。故而对某一样东西的眷恋,哪怕是内心深沉,表面看来也浅淡,逝去时也仅仅留出一个小小的断点用来打理忧伤或者别的情绪。《法苑珠林》里说道:二十念为一瞬,二十瞬名一弹指。一念起,一缘灭,生生世世似乎都太过短暂,能把仅有的时间都装点得避开脆弱,不失为幸事。

更重要的是,我对戒指有一种天然的不避不亲情绪,总觉那样的物什合该是别人送的,自己买来甚为不妥。

我买过很多首饰给自己，耳环、手链，街边几块钱的廉价饰品戴起来也感到有趣。旅行途中买来的花花绿绿的小物件，兴致来了，闹腾腾地戴一阵子，而后就不知去向，也还是觉得可爱。

唯独戒指。许是少女时期那种倔强情绪的延伸，因着戒指强烈的象征意味，赋予它太多额外的意义，婚恋、责任抑或别的什么。所以，总觉得该在某一天，等到能够承担它的意义时，再来接受这样的东西。

**有时候，太看重，未尝不是累赘，少了许多原本能随意铺排的快乐，但也不悔，人生总归要有一两件执拗到在旁人看来矫情的事。**

倒也不是从来没戴过戒指。记忆中有一次，是高考后的晚上，和要好的女孩子沿着学校外面的长街走了很长很长的路。灯火昏黄，长街里一晃而过的都是尖叫着解脱了的学生，真真切切的孩子气，既喧哗又稚嫩。

我们也快乐，觉得只有那一晚可以是真正属于快乐的，次日便要为刚刚结束的那场高考买单，准备接下来的一系列流程。

于是，两人倍觉珍惜。说了很多话，关于别离、成长、忧伤，都是惯常说不出也听不得的傻话，只有十七八岁的孩子才听得来的傻话。路过一家精品店，她拖了我的手进去，麻利地挑了两枚尾戒，玉质的，绿莹莹的，灯光下露个头，俏生生的。她随意捻起一枚戴在手上，还招呼我，快点，我们俩也带个情侣戒。她的眼睛一眨一眨，夜色在身后悄然隐没。

因为小指太细，说好的尾戒套上晃悠悠的，于是直接就套在了无名指上。两人对着咯咯地笑，那时候，女孩子的友谊总是这般没心没肺。


可惜的是，后来，我还是失去了她，像是水滴落在湖面上，瞬间就没了音信。

谁也没有刻意再找过谁。也再没有遇见第二个送戒指给我的女孩。

直到过年回家，妈妈拉我到房里，递给我一块红布，层层翻开来看，里面裹着一枚银戒，粗糙的纹理，繁复的花纹，曲径通幽，明暗交叠。

我戴了，手放在红布上，霎时间喜气盎然。

妈妈说，特意找人给你做的。

那一刻，突然想，以后要有一枚戒指，不见得多名贵，定要是喜欢的样式，代代相传。

To

spend

a

good

time

人生只差
好好静度时光

第四章

你来我往，
随遇而安

如果梦境可以再拉长一点，

如果阳光可以再热烈一点，

我们并肩站在清晨里，

数对方的影子时，

会不会更清晰一点？

还好，你，我，都未苛责过生活，

要的只是这一生的轮廓，

有随遇而安的底色。

# 夏日絮语

## 满城夏天

下班路上，遇到一棵枝干怪异的树。叶子青碧，只头上一撮，分成两束，并不对称，像是第一次学着扎辫子的小姑娘。

想要拍照，奈何抱了一大摞需要晚上整理的资料，完全腾不出手，只好蹲下身子，扭成怪异的姿势，冲着空中咔嚓一闪。有人经过，朝这边看了两眼，并未发现什么新鲜，继续匆匆赶路。我拍拍蹭在裙子上的灰尘，站起来，觉得满城夏天真好看。

## 听雨

傍晚雨声很大，像是要镇住天空。雷声夹杂，噼里啪啦。有人怕打雷，安慰的时候就说天空在办喜事，闺中待嫁的姑娘等了太久，终于觅得好姻缘，少不了这一声声喜气洋洋的乐曲来配。

无奈雨水丝线般冲过来，窗台上的绿植应声掉下，白瓷碎片，一地凋零。想要故作波澜不惊，还是没奈何地上前清扫残迹。绿植上水滴鲜艳，碎也碎得惊艳。换个瓶子来盛，依旧明媚如昔。我不讨厌这雨，听声都是美意。


## 耐心

做了一个梦，被一只小怪兽捉去了外星球。

"你会唱催眠曲吗？"小怪兽问。

"会，我会唱《数星星》。"我回答得很认真。

"这首歌太幼稚了，我都200岁了呢。"

"那你要听什么？"

"《雪绒花》。"（我并不理解梦里的怪兽为何会这么回答）

"不会。"

"我妈妈会唱。"

"那你怎么不去找你妈妈。"我不耐烦地说。

小怪兽上前抓着我的胳膊，断了。他吼道："你这个没有耐心的人，我要把你杀掉。"

瞬间惊醒，摸摸额头，拉开窗帘，外面还黑黢黢着。

"我是不是真的太没有耐心了呢？"这个问题在脑海里跳来跳去。

"好像是有点儿……为了避免被小怪兽抓走,要学着有耐心。"自言自语间又睡着了。


**欢喜**

收到一份六一儿童节礼物。随信上写:愿你永远有童心。落款是个意料之外的人。礼物是个软绵绵的小熊,眼睛很迷糊。尤其特别的是身上的衣服,蓝白条相间。

"这是只从儿童医院跑出来的小熊吧,病号服还没脱呢,可它真是可爱呢。"

我抱着它,想要一觉梦回小时候,花落池塘、叶子飘过云间,我刚刚过完六岁生日,梳着蘑菇头,出门的时候,妈妈叮嘱,不要把裙子弄脏了。

我应着,头也不回地走了。傍晚回家的时候,裙子还是脏了,可妈妈并没有怪我。

后来,再没有得到过这样的待遇。


**信仰**

在塔尔寺里看到转经的藏族老人,围绕着寺院的转经走廊,顺时针转动经筒。手势定格再往前,很慢,步履蹒跚间有苍凉。

有磕长头的佛教徒,双手合拢,俯身,伸手向前,掌心向上,再合拢,起身,身体力行地去完成自己的信念,走过的人忍不住屏气敛息,怕惊扰了他们。他们一生中至少要磕完十万次长头,发自内心的虔诚。

"有信仰的人,在世界面前永远有底限。"她说。

我点头,说不上为什么。

## 夹竹桃

粉色夹竹桃开得像缭乱美人,花期太长,难免让人觉得平常,珍贵的都是稀有的,比如昙花,刹那一现,巴巴就有人奉它为"月下美人"。

得不到的总是最好的,过于寻常的总是容易被忘掉。像人,也像感情。

## 绿芜中

养很多绿植,不开花的那种,我能养活的只有这些。养花实验做了好久,大多都在冬天死去。凄凄惨惨地说一句,我死在这个季节。

不想再"辣手摧花"。付出感情的东西,最后一命呜呼,不是只有它们悲伤。悲伤和喜悦一样,有关联性。时常疑心它俩是近亲,悲伤死了,喜悦也会难过。

也许注定只能看落英,不能贴近缤纷。那就罢了,住在这绿芜中也挺好。一盆绿萝就能剪出好多枝,添了水,养在陶瓷瓶里,没过多久,叶子就垂下来,恰巧落在书柜一角。谁能说这不是景？

那些走得早的，姑且就放它们远行。撑开手掌心，空的，但有纹路，痕迹都在上面了。

## 劳而无力

手抄本泛黄了，用蓝色钢笔写下的字迹已经看不太清了，顺着前后句剩下的字词猜着玩，想不连贯写的是什么，当时的心情却是猜出来七七八八。

往年喜欢的歌，要一遍一遍单曲循环，不把耳朵听出茧子不罢休，曾经把歌词记得滚瓜烂熟。现在都成了不打紧的过去。

某些能倒背如流的电话号码，记的时候像是以为人家这辈子都不会换号似的，后来都待在电话簿里成了死囚犯。

直到有天翻过这串数字，发现和寻常号码无异，号码名下的主人甚至都已经太陌生。那么，它们就可以自动刑满释放了。说不定还要较真地拨一下，听到那句"您拨打的电话是空号"，才真的踏实。

看似都是劳而无力的事，做的时候，哪一件不是满怀期待。

人生需要这一点无力的缺憾。

## 文字

能把文章写得有活性的人，是会从字里行间跳出来跟你对话的。你想说不可说不知道怎么说的，被旁人一语中的。心痒痒的，挠一挠，还要再挠一挠，恨不得拍案而起。

　　读书，有时候是想要寻觅精彩，有时候是想要感受下自己未曾有的经历，还有时候就是为了心里舒坦。

　　最难能可贵的是在不经意间找到了共鸣。天下文章那么多，写作之人乌泱乌泱的，说不定也跟姻缘似的，有你命定的缘分。

　　只这月老，是你自己，红线牵不牵，旁人说了不算。


## 观点

　　"别人的观点即便姹紫嫣红，也并不能适用于所有人。每个人的思维都有尚待开发的空间。选择唯唯诺诺地接受是对自我的否定，得不来生活的宽容。"

　　"那你的这种说法，我可以赞同吗？"

　　"可以，你这是在赞同的基础上理性地加以肯定，跟唯唯诺诺扯不上关系。当然，如果你要是想恭维，我也欣然接受。"

　　"那你的这种说法，我可以反对吗？"

　　"可以，不到一分钟的时间，你已经变换了两种观点。要么没有定性，要么还不明白心底到底在想什么。"

　　"……"

　　我接受变化，在它需要变化的阶段。但不无理取闹，不被动。

### 明天

斯嘉丽在白瑞德走后，能想到的把痛苦推往脑后的方式就是回到故乡塔拉。她需要一个避难所来计划下一场战役，用她的话就是：我明天回塔拉再去想吧。那时我就经受得住一切了。明天，我会想出一个办法把他弄回来。毕竟，明天又是另外的一天呢。

电影《乱世佳人》里费雯·丽用她猫一样的眼睛把这个场景刻画成了永恒。盯着她的眼睛，毫不怀疑白瑞德会回来。

面对不被期待又不得不面对的现状时，我都会想起那句：毕竟，明天又是另外的一天呢。就有了信念，站起来，走下去。

像头小兽，舔舐过伤口，又能奔跑了。

明天是一种信念，毕竟我们都有受了伤，做小兽的时候。

### 心

有容量，有自愈能力，会患得患失，有强烈的好恶，在坚强和脆弱之间切换，每个人的都不一样，有些人之间会撞出火花，有些人之间会摩擦生恨。

很小气，也很大气。

### 花未眠

"凌晨四点钟，看到海棠花未眠"，被川端康成的这句话惊醒了十几年。只要是在凌晨醒来，总要下意识地看看闹钟是不是四点钟，就想去寻找有没有未眠的花朵，其他的物种也可以，比如蛐蛐的叫声、禾苗的拔节声，浑身的每一个细胞都散发着细腻和天真。

它们睡着了，我醒着。窥一窥别人的梦，闻到平静的味道。

心敏感的时候会离麻木远一点。


## 小确幸

对一本书垂涎已久，总也没买到。有朋友出差去香港，看到后悄无声息地买了，快递过来。心下感激，道谢时，他说，举手之劳就能画掉别人愿望清单上的一项，这种成就感，会被你的谢谢干扰。

我沉默着，静好的空气替我谢了他。


## 端然有忧容

她的旗袍很漂亮，极少看到穿着旗袍喝咖啡的女子，又板正又性感，像李安的电影《色·戒》里的王佳芝，我注意看她唇上的口红会不会在杯口留下唇印。

没有，不褪色的，口红没有褪色，有点遗憾，离王佳芝还是太远。

忧愁却有，自然地挂在脸上，端端正正的。

早晨，咖啡馆，穿旗袍的漂亮女人，脸上有忧愁，单单画面就是故事。

我们一生总要遇见不同的故事，也在塑造不同的故事。

## 对谈

一整天，说了很多话，间或停顿、喝水。聊天也要棋逢对手，一个在旁人眼中寡言的人，也许只是没遇到那个能让他开启嘴巴的人。

连朝语不息。

突然就想桐花能够铺满万里路，一直看不到尽头。

可这是夏天，桐花早已败落了的。总有遗憾，填满平仄。

## 原谅

你要原谅我的笨拙，把这小小的爱意当成一枚脱落的松果，它无处可去，等待鸟类啄食。膨胀的愿望落在心上，变成了狰狞的小兽。

所有无止境的追逐，往往到最后终止了追逐者本身。

满腔欢喜地在路上，收住脚步时尚未想到要惆怅。

可脚步已经收了，看看地上的影子，它还向着太阳的方向，身形纤长。

失去的，在另一个空间成长。

### 我喜欢你

　　丧失表白能力，已经太久。听到他人脱口而出这句"我喜欢你"时，竟然生出一丝羡慕。渲染情绪的句子从口中飞出去，哪怕没有靠岸，也不害怕。

　　常常遗憾的是，它只能停在唇边，把嘴唇当成了靠板。无声地靠上去，最后哑然。


### 尾声

　　想要抓住夏天，最后还是一本正经地把裙子收进了衣柜里。来得款款，去得仓皇。五月还是深闺里的小姐，八月末就只剩下了深闺。

　　无论长度再长，映衬得这季节多寻常，我都不讨厌。它太乖，一汪绿意又浓又亮，留下的都是精气神……

长大之后，未老之前

一月

　　寒气太重，适合不动声色地蜗居，闷头瑟缩着，不用耗费精力。喜欢的时候拼尽全力也无妨，不喜欢的时候可以不用鼓掌，就当周围寂寂无人。搓搓手，还能冒出一丝热气。

　　放开羽翼，华丽地对待自己。

二月

　　天空还没长开，眼睛耷拉着，不爱说话，只当它是高处不胜寒。敛了声静了气，要端着步子走才能不打扰旁人。

　　太高的地方，上不去。那就站在低处，站得有底气，昂首阔步。一时之间改变不了位置，就提升精气神。

## 三月

静悄悄地回暖，漂漂亮亮地去见明天。走到自身散发热量的时候，要记得把暖意传递出去。有人住在一月里，没有御寒的衣。有人看见了三月，眉目间是春意。

纵然只是路过没带盘缠也无妨，回身抱抱蹲在寒冷里的人，一个眼神也是心意。

## 四月

闻香出动，满城春，四月天只应属人间。匹配的快乐又满又稳，怕溢出来，用手围成一圈，唯恐汁水落下来不及接着。

越是幸福越是小心翼翼，一丁点风声都是兵荒马乱。快乐原本不应被搁浅，更不该装在口袋里。

脸上有笑容，心底有喜悦。不事张扬地让喜悦变成N次方，老迈的时候对着影子谈笑风生，怀念语是，以为幸福来一下子，结果一辈子。

这样，最好。

## 五月

喝桑葚酒，脸上没醉意，就是知道自己醉了。一个不愿成熟的大人，绞尽脑汁想要一觉睡回小时候。

明明惠风和畅，可平静的湖面时不时泛着涟漪，打了一个又一个水漂。

野生的冲动、戾气，干扰的时候，吸一口气，再提一口气。

如此反复，最后忘了为何生气。

人要学会自我救赎。

六月

睡前在床头放杯水，噩梦醒来，一口一口咽下去，冷汗退却，即便还清醒着，也能平静地直面。迷糊着去幸福，清醒着解决不幸。

所谓没有过不去的坎儿只是因为勇气盖过了生活的戾气。打败戾气需要底气，有了底气，才会更确切地感受到好与不好的差距。拥有好的多面才能甩开不好。

都是这样成长的。

七月

爱的时候就掏心掏肺一点，不爱了，忍受不住想恨的时候最好漫不经心一点。不为难自己还包括不因为难别人而伤了自己。

外面太热，找不到凉快的地方，起码可以不躁动。

爱已经安静了，心也能。

## 八月

读永井荷风的散文，薄薄一本书，读完就睡去，醒来出了一身汗，外面已升起白白的月亮，睁着眼睛从窗口照进来，明晃晃的。他在《重游八幡神宫》那篇文章里写道：圆圆的月亮小了许多，静静地升到背街仓库房顶的上方，高高地挂在繁星中央。

八月已经替他出示了画面。

经历不见得都有回响，有些因为反射弧过长，让人以为早已失传，其实并没有。哪怕存在不一定合理，也要尽力地发掘它的意义。

## 九月

建立了一份长长的契约，和自己。得与失，别人都无法帮忙承担，无论再亲密的关系。亲密有时只是一个符号，依托这个符号能从一个小世界开辟出大森林。某种意义上来讲，这是我们的后盾。

这后盾让我们在活着之外有了活着的意义。去寻找更多的后盾，建立更加妥帖的关系，让心瓷实安稳，但也要让它知道，最瓷实的是它本身。

别人能让你发现更多的价值，实现价值这件事，唯有自己。

## 十月

只是开始萧条，发间生了白霜，怕什么呢？什么都不怕，一念半生，该做的都做了。长长的一生不是战场，胜过战场，悲伤的怅惘的甜美的蒙眬的，都是披在身上的衣裳。

一件一件脱下的时候，上面沾满了风霜。

十月的风霜是金黄，像大梦要醒的模样。

走到金黄的时候，就想坐在树下听听风吹过的声音，听听它能不能叫醒夜里睡着的精灵。

十一月

听李宗盛的歌，他总有办法把人唱得支离破碎，甘愿为一句歌词俯首称臣。直面心灵的时候，我们都是弱者。

他唱着：春风再美也比不上你的笑，没见过你的人不会明了。他唱着：我对你仍有爱意，我对自己无能为力。他唱着：为了这次相聚，我连见面时的呼吸，都曾反复练习。

他把爱唱完了，每个阶段。

可你还在重复练习，练习对自己无能为力。

十二月

雪天，长大的季节。肩膀被雪花覆盖，没有重量，却渗透了衣裳。已经学会了怎样走过寒冷，把湿了的衣裳晾干。

一生长长短短，各尽心力，念着平生欢，趁未老之前。

# 妃色

颜色真是极具魅惑。画面感足够强。描述颜色的词语往往美得无法想象：胭脂、鸦雏、黛青、妃色……每一种都极妙。

要在脑海里过滤半天，还不一定能给它一个轮廓，尽是缥缈的影儿，来来回回，跳啊跳。相对而言，我倾向于柔美一点的，比如妃色。

妃色的女性化太过明显，小家碧玉似的，嫩汪汪掐出一把水儿来。白先勇的《永远的尹雪艳》有一句对尹雪艳穿着的描写：一袭月白短袖的织锦旗袍，襟上一排香妃色的大盘扣，脚上也是月白缎子的软底绣花鞋。

这香妃色听着就香艳，总也界定不了到底属于什么色，隐约是一种介于藕荷色和杏色之间的色泽。我一度把它跟妃色弄混，毕竟太过相似。

后来才知道不是，妃色就是粉红色。《汉书·贾谊传》里说道：及太子少长，知妃色，则入于学。

妃色指女色，一下子多了几分暧昧。

但我喜欢，"妃"这个字多好，放在名字里也素净。只是太低婉，不适合武侠小说里的快意恩仇。武侠世界里有太多的木婉清、程灵素、公孙绿萼，又仙又雅，美得古典。而"妃"更像是邻家窗下发呆的小女子。

眼神灵动一点，不用太漂亮，胜在恬静似水。

有一个朋友，网名就叫"妃色"。娃娃脸，外表孩子气，相处起来真是让人格外舒服。有一种人，属于一见钟情型。永远觉得相见恨晚，相识之后，又会有永远聊不完的话题。
也不怕感情淡下去。

淡就淡，原本就是享受这种充满相知相惜的过程。该浓的时候浓，如果拉不长日日月月的战线，也有最好的往事可回首。

我总说跟她的相处是淡妆浓抹总相宜。**认识的人愈多，愈是发现两相宜的太少，倘若有幸遇到一个，一定不是要硬生生地拽到身边，感情最可怕的就是无孔不入。赏心处，静相宜就好。**

体己的温存和遥远的惦念都是好风景，好风景总会在该来的时候来，遇见一个人，走过一程山水，这些都是。不用苦寻，也不用害怕消失不见。

就像这种软和的妃色，很少会让人感到突兀。不是最美的，但在自己的世界里安静到最好，外人看来，也是一道靓丽风景线。

与我两相宜的"妃色"也是这样，她做过多年的新闻记者。这个职业原本给我的感觉是敏锐冷静的，以至于我有时候会觉得跟她的状态完全无法相融。

可她却做得很好。

直到看到她扛着摄像机做街边采访的样子，突然就懂得了。每个人的生活其实也是淡妆浓抹两相宜的，她如此，我也一样。

工作的时候浓出热烈，这是生活高傲的态度。

留给自己的空间浅淡，这是生活湿润的情绪。

为态度昂头，也为情绪低头。

不知道会不会有朝一日，完全被妃色包裹。我忐忑地期待着，依旧笨拙地守护该有的小情绪，给了自己很多信心和勇气。

嗯，我知道，生活不那么安稳，没有那么多轻柔的色泽。可这些，并不重要。经历着，就好。

# 七月初七

七夕那天，全城都在热恋。加班回来，夜色已有半面妆，空气里留有残存的暑气，穿薄衫，走过微风里暖烘烘的热度。长街上，人挤人的闹腾，我疑心这热度是被街边恋人拉高的。

走到十字路口，有穿白裙子的姑娘小声问，要买玫瑰花吗？朝四周打量了下，确定她在叫我，才忙不迭地摇头。

走出几步之后，恍惚听到她在后面叫，祝你七夕快乐。我扭头，她站在那里，怀抱一大束玫瑰花，街灯照着，花妩媚地红着。她朝着我的方向，脸上的笑容还未收。

我转身回去，买了朵玫瑰花，也跟她说七夕快乐。

因为陌生人投递过来的心意，压制住了一切孤单和萌动的伤悲，被惦念的快乐从来不用分场合。

从前也有过类似的经历，因为一场如今已记不得缘由的沮丧事，在街头徘徊。街道两旁的法国梧桐扬着叶子，追逐着天空，云朵很白。**人生没有剧本当真是一件残忍的事，总像是没有余地可退，漂亮的时候漂亮到昂着头，丑陋的时候丑陋到要俯下身子都摸不到影子。**

坐拥过漂亮的甘甜，也要承担得了丑陋的恐惧。

钻牛角尖的时候，拉都拉不回。忘了那天是否掉过泪，反正所有的伤心都一样，藏起来都会显得欲盖弥彰，更别提任性地袒露着。

他就那样突然跑到我面前，递给我一只小小的熊仔，对我说下午好。没有询问，没有安慰，只说了一句下午好。不等我反应过来，就只能看得到他的背影。

我看着他走远，在一家理发店前面停下来，继续派发传单。小熊仔大概是随机赠送的礼物，白色的，很小，握在手心里，柔软的一团，适合拿来做挂饰。

没有回去跟他道谢，只是站在那里，平静了下来。

白色小熊，我一直好好地收着。

爱之所以能流通于世，是因为有人给予，有人接收，接收的人再度给予，如此循环，生出了更多爱。

不用害怕你释放出去的爱意收不回，爱太满的时候，总会溢出来，流淌到谁身边，收起来都清澈。收得太多，心是热的，也会忍不住把这热度传给别人。

有过很多次面试的经历，平顺的、难堪的，过程多么值得书写，过后就都忘了。唯一记得的一次，是去一家培训机构。在电话里约了面试的时间，就要挂断时，对方得知我家在外地，就说，你来时，若找不到路，我去接你。

我小声地道谢，心绪却不连贯了起来。

对于一个应付过很多跌宕的成年人，早已拥有了自己的外壳，并且持续地将它打磨得更坚韧，就怕外面的剑出鞘时，遍体鳞伤。有了这样的韧劲，面对柔软的碰触时，总要有不期然的惊讶。

不害怕坚硬，是因为他人对你坚硬时，你可以以更加坚硬的态度反击。相反，别人予你蜜糖的时候，总要想着怎么收，生怕撞碎了这美意。

面试时见到了那个说要接我的人，是位中年女人，很和善，体态丰腴，算不上漂亮，言语轻和。培训机构很小，不是很恰当的去处，但我还是留了下来。只为和她相处时，能感受得到善良的人身上特有的品格。秉性温润的人身上自带一种光泽，不会特意炫耀给谁看，却会在需要的时候亮起。

　　大学毕业后，我有了正式工作，离开了那家培训机构。临走时，她叮嘱我很多话。拉家常似的，而后又不好意思地抿了嘴角说，就怕以后见面的机会不多，想着把能说的话都说完。

　　我未曾听过她那样细碎的念叨，只好把能记住的都刻在心上。

　　但也知道，记不住也没关系。她已经教会了我很多。

　　陌生与熟悉之间本没有过大的跨度，善意和冷漠之间也没有很深的鸿沟。有一刻的心潮暗涌，就行一时的善念温存，从来都不难。

　　陌生人赠送的温暖很干净，我要在太阳下晒一晒，带着阳光味扩散出去。

# 我爱你

《夏目漱石集》里记载，夏目漱石曾经在英文课上询问他的学生如何翻译"I love you"，学生翻译成"我爱你"。夏目漱石说："日本人怎么能这么直白呢？'今夜月色很好'就足够了。"

温柔的、含蓄的、蒙眬的，是确切的示好方式。

岁月更替，斯人会老，哪怕是晚来的风也总会吹散季节的云，倘若能在变更里留住一点温润的印记，这是件妙事。一个人爱上另一个人可能就是因为他说了句话，恰好戳中自己柔软的内核。

**我们都有软肋，差的只是一个适宜的环境，被一语击中。**

吴越王钱镠寄给王妃的信里那句"陌上花开，可缓缓归矣"；宝玉初见黛玉时的那句"这个妹妹我见过"，都是有着柔韧质地的情话，所以它们都经得起时间的侵蚀，如今读来，还是兴味盎然。

哪怕我们不写情书，不说情话，也不妨碍我们恋着它们的动人枝节。美的情愫，无论何种状态，总有供它发芽的土壤，出其不意，令人心生一叹。

在公交车上听到一对年轻的情侣聊天，男孩问，如果有一天世界末日真的要来了，你最想做的一件事是什么？

女孩不假思索，瞪了下眼睛，故作气愤地说：我都还没嫁给你，怎么能有世界末日这回事呢？男孩听完后愣怔了下，而后悄悄地把女孩的手握紧了些，另一只手抓着拉环。两个人都不再说话，悄无声息的，我这个外人却感受到了一种细密的温暖，画面感充裕，就像顾城的那首诗，我们站着，不说话，就十分美好。

"我爱你"有时候需要的不是直白的表达，而是示好的心意。

春天的风很甜蜜，你是梨花三分白。
夏天的雨很暴躁，你是小荷映池沼。

秋天的云很晴朗，你是一枝霜叶红。

冬天的雪很冰冷，你是朝阳轻拂面。

从一年四季到一辈子，不差一天，刚刚好。所谓"我爱你"，只是两个人滋养了足够一生一世的水分。

# 童心

　　在我年龄很小的时候，写过一个童话故事，情节已经想不起来了。隐约记得里面有个女孩子，生平只落过一滴眼泪，那滴泪水有着漂亮的外壳，能把整个人包裹进去，只要住进里面，就能跟着这滴泪水飞到外星球去……

　　我用我脑海里并不多的词汇量开垦着故事，在一本塑料封皮的笔记本上涂涂写写，就那样断断续续地写了十几页。在那个连自己的日常生活都管理不好的年纪，我不知道怎么坚持了下来。要知道妈妈每次叫我写作业，我都要抵抗一番的。

　　遗憾的是，故事并没有写完。不知道是因为小孩子的心血来潮去得太快，还是被大人发现受到了苛责，总之成了孩提时代的一座丰碑。虽然笔记本早已不知去向，我还是能时不时忆起那段往事。当时兴许是受了喜欢的动画片的影响，才有了那样稚嫩的幻想。

那是我最初的童心，不是奇特的想象力，却晶莹剔透。想起来，都是泉水叮咚的声音。

我在很多孩子身上遇见过那样的想象力，嗖的一下蹦出来，你尚未来得及做出反应，他们已经进行到下一个环节。他们奇妙逗趣，说着你听不懂的话语。不是偏安一隅，却自成风格。我们想要跟他们做朋友，俯下了身子，双手托着下巴，陪坐在葡萄架下，看了嫦娥和玉兔，却怎么也学不来那般无邪。

**成人的天真说不准就在哪里拐了弯，独独孩子横冲直撞，从无忌讳。**我不喜"小大人"这个词，何苦非要拉着孩子往前凑，总有成为大人的那一天。能待在"小小人"的世界里的日子本就不多。孩子原本就有权利可爱。

外甥女四岁时，拿了块巧克力喂猫，傲气的猫咪嗅了嗅，许是不感兴趣，翻了白眼，就卷尾巴逃跑了。她抬眼望了望我，把手里剩下的巧克力塞进自己嘴巴里，而后叹了口气：猫咪怎么一点都不馋啊！

我呆愣，被她俏皮的逻辑打败。
多么有趣，我却不能给她一个更合适的答案。只好摸她圆鼓鼓的脸，也许猫咪知道你馋啊，才不想跟你争呢。

"可我愿意跟它分享啊！"

我抓了抓耳朵……还好，她的注意力很快就转移到了别处。咕噜噜的事物那么多，处处都活泼，随便一处，都能吸引透明的眼球。

我乐意看她自己去感触世界的样子。可她不乐意了，某一天，一本正经地对我说：小姨，我觉得你太大了，一点都不好玩。

她的脸依旧圆鼓鼓的，腮帮子永远像含着一颗糖，甜蜜地支撑着外在还感受不到的重量。我突然想，倘若当年写童话故事的我来跟她对话，会怎样？

可惜，我早已不会写童话。纵使笔记本上铺着厚厚的字迹，它们歪着脑袋挤在一起，说着悄悄话，但那话总是缺少点奶声奶气，更像是落叶扫着雪花。

那么美的时光，宛若蔷薇色。我们都曾有过。那就不要去掩盖另一季的蔷薇色，它们色泽更艳丽。不用你过度上色，就已经绚烂在各自的角落。

你只需护着那颗童心就够了。

# 乡恋

　　偶尔会觉得自己是个没有乡愁的人，大概是离得不够远，还不至于隔着浩浩荡荡的时间生出太多眷恋。

　　没有贪念着回去，没有舍不得离开，也并非一点都不想念，只是太淡了，来来回回，悄无声息。

　　回去的路上会看见一大片白杨树，呼呼啦啦地站在风里。每个我归家的时节，它的叶子都青绿，我就当它一直年轻。有些人有些事，总在心里不愿意老去。

　　路途总有波折，间或晕车，整个人都颓废，歪在车座上看着玻璃窗外的风景一字朝后斜去，空气里翻卷着软绵的浮尘。离开城市前的景观惯常不那么养眼。对一个地方，有时候并不需要有好感，待久了，你总要因为各种原因同它生出特殊的感情。

不管它需不需要，不管你愿不愿意。

友达以上，恋人未满，似是很恰当的形容。但家乡不是，那是割不断血缘的亲情，纵使隔膜，也总要同它重归于好。

雨水很多的天气，宅在屋里，隔着窗户看院落里爸爸养的花草。它们健硕，风雨里摇摆也透着骄傲，清清爽爽，扎堆似的长势极好，花朵枝叶里透露的信息都是快活。这和我养的那些不一样，太过羸弱，常年待在阳台逼仄的一角，也见阳光和雨露，可总是寂寥。于是，日复一日，衰老得很快，我总是留不住。

奶奶摊煎饼给我吃，上了年纪，动作不利索，却还是会记得我喜欢吃的东西。

我沉默地去看周围的一切，颜色、气息，甚至是影子，永远都不曾变过。

山头包裹着村子，暮色里绵延开来，把手放上去，就能握得住。于是，走得多远，都还回来。这是一片能给予余生庇佑的地方，被记挂的人撇不开这份幸运。

也许真的没有乡愁，只是乡恋。

# 一双手

去见她。是酝酿了很久的一场会面，之前因为各种各样的原因，被搁置，两个人都急迫，又都心照不宣地从来不催促，内心敏感又赤忱的人初初遇见同类时，会欢喜，也会有些许的紧迫和被动感，明知道会在同一频道上相逢，又害怕万一走错音。这点，我们都一样。

她画画，梦想有一天可以做自己的原创品牌。她特意选了自己手绘的胸针送我，我接过来，放在手心里，紧紧握住，却不知为何有些不知所措，像是突然生出一种对另一个陌生世界的新奇感。

一开口，似乎就有很多话要说，偶尔停顿，也不觉得冷场。手边的花茶凉下去，茶水颜色却依旧鲜亮，花瓣浮沉。

　　我注意到她的手一直在摆弄桌上的小纸片。小小的一张纸，白色，无意识地，最后折成一把小扇子。

　　我对她说：你的手指很长，并且直，很漂亮。

　　她笑了下，而后很孩子气地辩驳，其实没有那么长，不信，你比一下。于是，拉了我的手放在一起，击掌似的，合成一体。

　　竟然是我的比她的稍长一些，只不过没那么直。这真是一种优美造成的假象！因了这个小插曲，两个人仿佛活络了很多。我笑称，你该去学钢琴，不能白白浪费了这么好看的一双手。说完之后，脑海里倏忽闪过，画画也是一样的啊！造物主原本就有它的神奇，把合适的东西安放到合适的位置。

　　我不是一个多动的人，但是在打电话，与人单一地聊天，乃至紧张时，手都会不由自主地运作，倘若有一支笔，一通短暂的电话下来，就会铺满整张白纸。都是毫无章法的线条，全然看不出什么样子。这样的场景也并非对聊天对象的怠慢，有时候明明是很喜欢的话题。直到后来，在豆瓣网上的一个小组内找到了答案，并无新意，只不过是强迫症的一种呈现形式，令人生生有种挫败感。可这么多年来，都没有遇到过另一个具备这种小嗜好的人，她是第一个。

也不知道是不是因为这个原因才一直喜欢观察别人的手，肌肤纹理、外形轮廓，指甲的长度、色泽，似乎都在诠释着一个人的生存状态。

池莉的小说《不谈爱情》中的吉玲，第一次注意到庄建非，就是先注意到他的手，那是一双修长的知识分子的手，一双能引发她向他靠近的手。从这个层面来说，一双机敏的眼睛甚至可以窥破一双手背后的门第、阶层。

可惜，我没有生就这么一双慧眼。多数情况下看到的不过是手的外形，倘若貌美，就会忍不住多看两眼，呈现出的都是各式的画面感。也会忍不住猜想，有一双好看的手的主人，性格该是温婉和善的吧，情不自禁地要加诸很多美好的词汇在上面。虽然明知道两者之间并不具备特殊关联，却还是挡不住喜欢之下无意义地揣测。

没办法，对于能带来愉悦的人、事，总是愿意投入过多的精力，若能有深交的机会，丝毫不会排斥。若不能，也会有所保留地观望，看似好像在伺机而动，其实也不过是太喜欢罢了。

就像那一双美貌的手，下意识里就会觉得它是巧的，能弹琴能画画能做手工的。想想这点，倒觉得自己很像犯花痴。

尤其是我也有一双在别人看来很漂亮的手。可完全相反，它不会弹琴不会画画，手工做得一塌糊涂，除了强迫症似的画线条，再无其他。

在长久的生活里，愣是因一双手幻化出了这么多一厢情愿，想想也是可爱。

跟她分别的时候，下起了雨，我没有带伞。她就主动提出送我去车站，虽然觉得不好意思，但还是接受了。于是，她长长的手指举着伞柄，高过我头顶，我穿了长裙，水花溅起来湿了裙摆。两个人风里雨里，似乎认识了很久很久……

# 一味白

　　一直以来，我对白色都有一种执念，从能自己挑选衣物的年龄开始，就是层层叠叠的白，不堆砌，不繁杂，简简单单地化开，像景，也像心情。

　　一个人始终如一地恋着一种事物，难免有些寡淡，为此也常被朋友挑剔。有时也会劝自己做出改变，但在弯弯绕之后，发现还是无端地回归到自己的喜好。其实对待事物和对待人也是一样的，不由自主地会生出初恋情结，因为最初看到的那一眼是好的，后来花红柳绿，姹紫嫣红，也难抵最初那一抹白。

　　哪怕它后来不是白色的了，都会惨兮兮地落一点印痕。

　　电影《80后》里有个片段，我记了多年，幼年沈星辰说她最喜欢的颜色是白色的时候，舅妈告诉她，世界上根本就没有真正的白色，所有白色的东西，最后都会变黄。

当时一阵唏嘘，**白色就像我们的底色，内心赤裸裸的时候，也许就是这种色泽。后来加入各种人生调味剂，轰轰烈烈，就难免要炽热得多。**

人们喜欢用各种各样的颜色来诠释属性，鲜艳的色泽往往有很浓烈的个人气息，红色的奔放，紫色的梦幻，而白色相关的不外乎就是纯洁和干净。这个专属解释，似是被打上了烙印，甚至可以烙下伤口。

跟喜欢的男生告白，被婉拒时，他说因为你是一张白纸，值得拥有更好的。明明得了一个安慰奖，却也并不畅快，而后学会了一种定义，不爱的颜色是白的，它只留给你一个人去守着，并不会有外界来涂抹、融合。

人生阅历不够充足，做错事的时候，长辈会告诉你，年轻人还需要历练，做人不要太直白。明明以为单纯是一种足够好的品质，可当你时不时要为你的单纯来买单的时候就会发现，一个高情商的人必然不会在言语以及处世态度上过度外露。

从某种程度上看，白代表的是外放，可事实上白色是包容的，所有的颜色都能和它调剂在一起，以至于最终看不出白色在哪里。但它却是根基般的存在，厚厚的留在底部，任你挥霍泼墨着色，至于你最后会画出什么形态，它也无须过问。

白有白的姿态，完全可以接受它在时间里变黄，就像一个人走到了暮年，也能看到它跟其他色泽融合之后的美，只要守着底子里的颜色，安安稳稳地坐落在那里就可。

我见过很多在外人眼中呈现白色的女子，端庄素雅，闲情逸致，一味素色，文字里诗情画意，在特有的圈子里小家碧玉令人称道，疑心是不是在现实的樊笼里围起了一座大观园，将其圈养在了里面。

可脱离了这座园子，明明也可以在柴米油盐间穿梭自然，轻巧有序。我留着我的白，为心留一片喘息的空间，我也带着能量色彩，需要的时候完全可以十八般武艺健全。

接触得多了，发现真是喜欢那样的武艺健全。让人在乏味的生活里不乏趣味盎然。后来，认真地去容纳外来的事物时，发现并非全然不能接受。

不强迫自己做出改变，但给自己感知外物的机会。接受外来的颜色，但并不放弃对它的执着。偶尔妥协之后，也能收获额外的余欢，比如，我后来恋上了小碎花。

但那一味白，从来没忘过。

# 漪清

　　电脑硬盘里一直保留着一个叫作"漪清"的文件夹，记录一些日常片段，有时候是一句话，有时候是一张照片。句子看起来虎头蛇尾，照片看起来也并无摄影技巧可言。只是纯粹地记录着，用一种自己看来最为舒适的方式。

　　生活的涟漪，清淡折出痕迹，涉水而过，波纹横溢，划过之后，留下的水纹能收起的就收着，收不拢的就归入水里。好歹知道来过，再回溯并不难。

　　在这样一个人人都可以为自己的生活担当导演，拍出纪录片的年代，这似乎是一种愚笨且不细致的方式。可任何一件需要投入精力对待的小事，哪怕仅仅留了三分赤诚，撑起一串串日子不打烊，都是心窝里的好景致。

　　我留着它们，总在需要缅怀的时候乐呵呵地敲打一番，好在往事不沉，不会让人灰头土脸，大多只是一些似是而非的时光点。我只记录了点，靠着这些点去穿越时光，回想当时发生的故事。这让我觉得安全，纵使一个人，好似也塑造出了一堆赏心悦事，没有把生活无端端地糟蹋掉。

　　有一阵子特别迷恋天空，拍下了很多天空的照片。有水杉叶子斜过半边的，有晚霞蒙了一层薄红的，也有极度干净的，一片蓝，或者一片灰白，云朵有时候流窜入镜。一个人在某一个阶段内过分地迷恋某件事情，有时不过是一种转移情绪的手段。我回想那段时间的心情，确实不那么明朗，就像住在外星球的那个小王子，不开心的时候就看日落，以至于某一天看了44次日落，那种悲伤大概已经不能用语言表述了。

　　而我们，也会遇到下雨的天气，没有日落，即便悲伤也不能随着太阳西沉。天空就是我的日落，我需要它，需要它陪我度过心底落雨的日子，在我没有找到一个可以避雨的屋檐的时候。

　　还有一种碎片完全是为了记录而诞生，记录之后也并未删除。留着占用了内存，你不愿意清空，它就一直存在，当然也可能遇到自然灾害，譬如硬盘坏掉，东西找不回来。有一张手机拍摄的照片，上面是凌乱的线条，未画完的人像，旁边稀稀拉拉的批注，都是些未及实现的愿望。

　　彼时应该是像做计划似的罗列了出来，后来并没有很深的印象，久了便忘了，如今翻来看，发现上面记录的愿望大多都已经实现了。并没有刻意去做，反而在不知不觉中完成了一切。潜意识的愿望，没有被磨灭，反而在不自知的状态下解决掉，这该是最好的方式。

　　这个文件夹我并不时常打开，偶尔翻翻却总会有新的发现。旧东西，久了，又变成新的，或者以新的姿态闯入你的生活，这也是好事。

　　倘若某天，真像偶像剧里那样失了忆，什么都想不起来，姑且也当作一种福报，难得给了你清零的机会，大不了给人生再建一个"漪清"的文件夹，又有何难？

# 情至深处
# 无怨尤

情至深处无怨尤。

起初，我不愿意说这句话，太烈也太艳，无枝也无蔓，单单这一句，兜头把一腔的爱恋都诉了。那些贴近心脉的情思纵使烧成了灰，蚀了骨，似乎终究也只能落下一句，不怨。这两个字，凄绝到悲凉，余音渗出来的都是水样的冷意。

我常想，说这话的女子，该是纤细清淡的吧。眼神柔软如四月微风，语气里散漫的调子挟裹着浓得化不开的愁绪。她该有远如青黛般的眉，颊边的胭脂艳若朝霞，笑起来，一汪梨涡，黯淡周边一簇繁华。

只是，这样的女子，大抵是不爱笑的。

许是过于痴傻，又或者有着异于常人的禀性，她们鲜嫩的心灵深处喷薄着热热的情愫，升腾出火苗般的温度。她住在《诗经》里，就有了"梅子树下，求其庶士"的洒脱。她住在宋词里，就带了"为伊消得人憔悴"的落寞。又或者，她的出身太过卑微，只能是那《越人歌》里泛舟的女子，用起承转合的拍子唱了一曲"心悦君兮君不知"的歌谣。然而，无论住在哪里，她始终有着纯净若琉璃的心肠。

在淡泊名利的日子里，着了素衫，顺着溪水，涉足而下，经受着来自自然的暖意。这时候，她是微凉的风、层卷的云、细密的雨，有着素净质朴的美。她等待的男子也许就在不远处，执了彤管，用清亮的音节传递着心事。那心事就像是拔节的竹子，一茬一茬的，探着头。

她的脚边，有一丛水草透着嫩绿的芽儿，悄悄地爬上了岸崖。他的心事，亦顺着水岸泻下，密密麻麻的，荡起圈圈层层的涟漪。她知道啊，那是不用启口的情话。从此，她把自己织成一匹锦缎，素白素白的，裹着贞洁、明媚、澄澈。她是宜室宜家的闺秀，有着碧玉似的面容，就着黄昏施了薄妆，等待着离人归。

依旧是等待，从初阳等到日倦。光阴的步伐，绝不踏错一分。纵使心上蒙了尘埃，也要把这份水般的禅心守候到底。

从春到冬，莲花不待，寒梅不待，只有这厚重的爱恋还刻在缘分的铭盘上，怀抱着，惦念着。"山无棱，天地合，乃敢与君绝",情痴到深处,兀自成一派繁华,纵你踽踽独行,留我空候,我亦能葳蕤生香,在这熏香的月光下,酿一阕思念的词话。

这生命素淡如莲,衬托得这爱有了悲悯的迹象。
情至深处无怨尤,无论外在的表象多么洒脱,内里都是疼的吧。

怎么会不疼呢?她淡然素净的美无人赏,她绵密温实的心事无人知,她透亮的思绪只能在窗前的月光下晾晒。
羸弱的身躯总归撑不起太过美丽的哀愁。

她蒲苇般的韧性,让人禁不住怅然、落泪。这让我想起黛玉,倘若要用一种颜色来形容她,那一定要是白,白得透彻,白得高洁,一点余地都不给自己留,那眼中从早到晚淌了多少泪珠,都还了情思攒下的债。然而,如若剥离了这份爱,她就能从中讨得欢喜吗?答案定是不能的,她是依着这爱,才撑得起心窝里那份气的。
怎能抛却?

情至深,无怨尤。不是不怨,是不舍得怨。爱到极致,爱到穷尽,哪管什么衰草连天,我只顾把爱的花朵开得姹紫嫣红、热闹妖娆。若是不爱了,那才要把这一身清白用素布包了,坦荡荡地只为自个留着,但凡爱着,哪会顾得上计较这些旁支？

　　情至深处无怨尤，其实不过是因为爱着，才能掂得起这话的重量。

　　从此，再不回避，只把它放在白色纸张交叠的空隙里，用红笔描了，一遍遍郑重地描摹。

　　因为那是用心绣出的词句。

# 旧

旧了的，没有成空，都被韶华挽留，什么时候拿出来都要挠一挠隐隐作痛的神经。纵使面目全非，也还是要拼尽全力说一句，再等等。

等什么呢？谁都没问，也不想问。就当作河水盖过鹅卵石，带着清澈的面目，再往下，往根里探，就是淤泥的气味。

日日里伸手可及，又遥不可触。

走了的，还未淡了的，是植在心上的梦，天真了一回，一闭眼就是细细碎碎。旧时光裁了衣，为你披一回，锦缎在身上，裹着千层光。头顶有月亮，脚下是星星的影子。它不说话，什么都不说，却偏要你懂。

　　你懂便懂了，你不懂它也不逼，只给你一记耳光，一转身，就剩下一个人。喝了一盅酒，赏了两次花，季节过了三重，还剩什么？没有回应，昨日之日再也不可留。

　　什么都会旧，是结了蛛网的阁楼，想不起来里面有没有过丝竹管弦的热闹，余下的都是尘埃，弹一弹，指尖都是灰。

　　旧了就旧了，就怕旧了却未断，一根丝线系着，颤颤巍巍，想扯舍不得，悬挂着，抬眼就望得见。

　　箱子里翻出来一堆宝贝，半截红绳上挂了绿玉珠子，颜色还透亮，绳子上却有烧过的痕迹。一张白纸上写着半句诗，去年今日此门中，再没有了，没有桃花，也没有人面，想不起曾经有没有相映红。

　　这是年久失修的记忆，是真的旧了。再回忆都不占分量。

　　可它们的名字都叫珍贵，要不怎么会放在最隐蔽的位置，不给人看，走一程带一程？

　　归纳这些旧，跟日子有关。提醒着自己，在陪着它赛跑的岁月里，是真真切切地走过。为它梳过妆，为它盘过发。对，她一定是个女子，也许好看过，也许不。

可就是要你记得。虽然模模糊糊，毕竟还念着。

念着有余味，却不黏着。

这多好，就要这般干脆利索的，说它藕断丝连也好，说它余情未了也好。只当陈年里的酒没喝完，埋在桂花树下，等着来年再尝一回。

你知道，不是所有的日子都有酒香，总要在愁肠百转的时候等着它解一回忧。比如那些淘回来的旧书，上面还有褶皱，还有手写的批注。心情回暖的时候拿到葡萄架下晒一晒，兴许还能和当时的自己打个照面。比如那些泛了黄的白衣服，拿来做什么，桌布的一角，布艺的挂套，和小碎花镶在一起，旧的也是新的，温度都没变。

其他的就算了，留着不是为了缅怀。只是那一阵风太凛冽，刮过来没躲开，受了风寒，要等太久的时间才能愈合。

它会沉睡的，沉睡到最后只剩下一个梦境。

好的就留着，残酷的让梦境收了。它顺着雨落下，眉毛被打湿了，一点点被雨水冲刷，旧了的，终究成了旧了的。

# 月
# 光

　　月光那么好，散着暖黄的熏香，颤巍巍地从树梢后探
出头来。

　　我打了个盹，推开窗来，它还在，只那浅浅的月牙儿尽
头，像是挂着一串思念。

　　想起曾经的思念那么长，如今也只剩了这一串。旧旧的光
阴，落了薄薄的尘埃，是再也抹不干净了。

　　曾经执意要把那情愫描成一幅丹青，要它意境悠远，要它
素淡静雅。小心翼翼地侍弄着，唯恐错了分毫，失了灵动。却
忘了把砚台里的墨磨好。

　　浓滟滟的汁水淌下来，滴滴答答的，晕湿了整册画卷，从

此再也铺排不好。若还有梦可以做，我定是要回去，只为着跌进那个少年青涩的眼眸里。

浅浅的纯真是喜，淡淡的哀愁是美。被装进还没有来得及开篇的情事里。一寸一寸的，在心窝里磨平，悄悄地拿出来，掏给他看，只一眼，就红了脸蛋。

像那含羞草，露珠落进叶脉里，还透着清晨的新意。

这时光，这般静，这般静……静到廊檐上的爬山虎绕过藤条的窸窣声，都能听得见。窥得见那无边的小欢喜。我多想把梦停在这里，等我绣了嫁衣，丝绣的锦缎上一针一线绣满了心意，大红的幔布扯开了那份俗世的喜。

而你，在我红色的清喜里。

可这梦终究要醒，百灵鸟的歌声擦破天际，爬山虎的叶子迎来了夏天的新绿，细密的雨滴染着大地的潮湿气。我都还踩在那条不能通往你的旅途里。等着时光老去，等着年华老去，等着我们老去，不知道还会否有不醒的梦。

你跨过千山万水，住进这梦境里。我小心翼翼地踮起脚尖，恰好能拂过你的眉。空气的味道温软而甜蜜。

月光那么凉，湿漉漉的，顺着柳梢滑下去了。你在某个角落，想必也看得见。

To

spend

a

good

time

人生只差
好好静度时光

第五章

你所遇见的事，
皆是因你而来

未曾想过去天涯海角，

只是想把脚底的每一步都踩得稳妥。

这样，你站在原地，伸手等我去握时，

我还有时间，将一将散开的刘海，

瞅着你咧嘴笑。

相遇有相遇的情态，别离有别离的滋味。

我们只是见了一面的陌生客，随时间剥落，

唯有记录的故事还在书页里，喃喃自语。

# 俗世烟火

上大学时，校门口有个卖麻辣烫的摊位，老板是一对中年夫妻，长相和善，衣着平实干净。两个人都爱笑，一开口，笑容就牵动眼角的皱纹生出几分柔软的沟壑。每次去吃麻辣烫，总是隔着老远就开始打招呼：来啦！熟稔的姿态，宛若相识多年的朋友。

宿舍姐妹们，每次想不出晚餐要吃什么的时候，就吆喝一声，去吃麻辣烫吧，一呼百应。从来都是那一家，面筋、茼蒿、牛肉丸子……伴着麻酱和辣椒油，热腾腾地端上来，几个人边吃边聊天，统共不过十几块钱，却吃得有滋有味。

某个周末，在外做兼职，跑了一天饿着肚子踩着末班车的点回到校门口，看到路灯灰扑扑的光线下，夫妻俩正张罗着收拾摊子。看我走过去，就抬头笑，还忙不迭地说，坐这边，这边能挡风。

已是初冬，外面处处都是穿身过的冷风，坐在那个塑料棚笼罩下的摊位，却觉得温暖像流水，窸窸窣窣的，荡漾起来的都是柔波。周围的学生大多已经散了，没什么生意，我空落落地坐在那里，却不觉得孤单，看老板利索地给我煮面，卡其色的棉袄在蒙眬夜色里一点也不显眼，他的脸庞黝黑，只有那一双眼睛，很生动，带着一种饱满的热情，似乎聚满了气力，使他整个人并不怎么凸显生活的沧桑感，难免使人惊讶。**在我刚刚20岁的年龄，总是忍不住带着对这个世界的憧憬和眷恋，可这憧憬和眷恋之下，却没有一颗时常圆润的心，能做到精神奕奕地去面对一切，但凡有一点挫折，总要生出一分委屈，而后均出一分精力去排解这委屈，才能在这反反复复中提炼出一种向上的张力，继续走下去。**

年少时，我们大多怀疑过世界，质疑过它的不公，或者因为没有给你精致的五官，或者因为没有给你体面的家境。凡此种种，你意识里认为你应得而没有得到的，你认为必须的给予，最终落了空，总会让你不平。

在我的意念里，冬夜里还需要立在寒风中为了生计奔波的人，该是不被命运眷顾的沉默分子，可他不是，他很鲜活，眼睛像一枚青果。

他的妻子立在一旁，客人寥寥，得以腾出时间休息。她搓着手，一下下的，安安静静地站在那里，看着丈夫煮面，并不多言。我们平时去，大多是客人比较多的时候，因她话少，除了笑，就一直忙忙碌碌地干活，所以极少注意到她。那晚我才得以看清她的容貌，不是个漂亮女人，五官平常，也许是因为安静倒显得很文气，多看几眼，倒也耐看。脖子上围着的大红色围巾在胸口系成了一个粗大的结，我盯着那个结看了半天，突然看到她用筷子夹了一个丸子送到丈夫口中，老板转身吃掉，一切如常，继续忙活自己的事情。

可那个小插曲却像是电影慢镜头铺展在我的眼前，恍恍惚惚地，**突然明白世界上的另一种鲜活和苍绿，跟物质无关。确切地说，更像是一种小范围的格调，相投的人生出了默契的磁场，会比大多数人更容易满足。**于是，他们能创造出一种天然的快乐。

有很长一阵子，住在远郊的城中村里，每天要坐很久的公交车，而后步行二十分钟才能到达上班的地方。公司写字楼很高，从下往上看总能生出一种错觉，眼睛盯着一个点，仰着脖子，一会儿就觉得酸痛。酸痛的还有生活，无休止的疲累。和不同的人说话，仅仅是说话，不是聊天，不是沟通。我时常有一种感觉，能说话的人特别多，可是找不到可以聊天的伴侣。除了工作，我们别无选择，可偏生又有股动力驱使着你去选择。最难的不是困惑，而是当你面临矛盾，你为此困惑的时候，不能在有效期内理出一条线，无奈只好寻找新的出口。

那段时间，我开始注意到很多琐碎的事情，比如房东在楼梯口放了一盆红掌，可是没过几天就看到几片叶子开始泛黄，**我拿了喷壶下去悄悄地给它浇了水，蹲在那里看着水珠在叶子上滚动着，肥肥胖胖的，一滴滴落进泥土里，像是又燃起了繁盛的热情。**

下班之后，不想做饭，就在小区的路口买凉拌菜，枯燥的长夏里用来消暑。老板也是一对中年夫妻，大约是因为每次买菜的时候，总唤他们叔叔阿姨，不消几日，就熟络了，称呼我小姑娘，倒像是家中长辈。记得我爱吃辣，还不忘嘱咐几句，天气干燥，辣椒不宜多吃。有次晚归，老板说，你爱吃的干煸豆角，我给你留了一份。老板娘也在一旁插话，是不是又加班啦？

莫名就想起爸爸每次打来电话，问起在做什么，听闻加班之后，总是快速地挂断，说，你忙，忙完就可以下班了。心中小棱角都被软化。

这对夫妻，也是性子平和、相处适宜的人。每次路过，听他们聊几句家常，看他们在粗糙的生活里过得相濡以沫，就像是理解了那种俗世烟火的意味。

张晓风写过这样一段话：客居岁月，暮色里归来，看见有人当街亲热，竟也熟视无睹。但看到一对男女手牵手提着一把青菜一条鱼从菜场走出来，一颗心就忍不住恻恻地痛了起来。

　　这大概就是平实的，令人柔肠百结的生活。**一杯清水，在尘世里，全部喝下去是一杯的圆满，溢出来一半，也有半杯的快乐。**

　　那个夏天将要过去的时候，工作上的事情终于理出了眉目。房东种的红掌长势也好了起来。唯一不变的是小区门口的那对夫妇，依然在那里，开始筹备着天气转凉了，要卖什么菜好。路过时，依然会给他们打招呼，一切都很好。

听
她
说
花
儿

我在南下的火车上梦到她，硬卧窄小的空间裹着整个人像穿了束缚的紧身衣，火车咣当的声音一下下的，有节奏的韵律，却不安稳，坐起来，看到外面的天空，黑黢黢的，一镜平坦。

不知怎的就梦到小时候的光景，她带我出去。是乡间小路，路两边都是斜坡，长满荒草和野花，惯常没有人会理会这些景观，原本就是乡下最平常不过的物什。可她拽了我的手，指给我看，这是烧汤花。

我顺着她的视线望过去，半坡都是红色的小花朵，喇叭似的，缀满了整个斜坡，衬得小路也有几分"香径"的味道。

"因为要到做晚饭的时候才开，所以便叫作烧汤花。"她解释给我听。我不置可否，哪有花儿还按着时间点开的。

小小的心里，满是对这个世界的新奇和质疑。后来特意单独去看烧汤花到底是不是晚饭前开的，无奈时间点总是算不准，或者太早，或者太晚，总也不能目睹它开放。我私心里想过奶奶也许是在骗我，颇有几分气馁。

**万物的生长都有它自己的定律，从不为谁改变。我们却偏偏以为自己可以，当它们不能顺从我们的意念的时候，总要经受几分质疑。**

这道理，我后来才懂得。那时候翻了植物类的书籍，知道烧汤花还有一个好听的别名叫"胭脂花"。这花儿繁殖力极强，当年落下些种子，来年地上就会生发出一大片来。不用人为的特意栽种，甚至执拗地只在当日晚饭时开放，到第二日太阳出来时便香消花殒。

**觉得极为有意思，我对所有野生的、生命力顽强的植被都带着一种天然的亲近，从心底萌生出来的，说不上哪里奇妙，就是感到不太强硬的骨骼下有厚重的底气是很好的事情，推及人，也是如此。**

我想，她应该也一样，要不怎么总是养一些不起眼的小花小草。她养得最多的是凤仙花。这花儿不矜贵，路边的篱笆墙里时常见，开得一簇一簇的，红的热烈、粉的娇艳、白的素洁。花儿盛放的姿态也朴实，没有半分倨傲。自然，这样的花儿也不怎么招人眼。

　　但是她喜欢，特意在院落里留了空地，种凤仙花。每年夏日，小院就被这种花苞小小、颜色鲜艳的花儿装扮得异常明媚。待到花苞成熟，她会把它们摘下来，放进小碗里，而后加了明矾，细细地捣碎。我就坐在走廊里安静地支着下巴，注视着她的动作，看花瓣被捣成了红艳艳的汁水，泛着鲜艳的光泽。搁置半晌，待到晚间，这些浸着花瓣泥的汁水就会被包裹在我的手指上，过一夜，指甲就会被浸染成丹红色，凉丝丝的带着喜气。她总是跟我说，指甲花是凉性的，包红指甲对人身体有益，至于有何益处，她也是说不上来的。我那时年纪尚小，自然也不懂得这些花草的好处。只是一味的苦恼，每次染完红指甲，指头根部也会被浓浓的汁水浸染，委实难看，故而也不太情愿，总要抱怨很久。她也不恼，总是好脾气地宽慰我，过一阵就好了啊。红红的指甲，多好看。我只好耐着性子等待指根的红痕褪去。所幸日子不长，过不了多久，就只剩下红心的指甲盖了，十根手指并拢了，放在太阳下，碎碎的光打在红红的指甲上，会折射出好看的光圈，那样子倒是挺好看。

　　那个时候，她也还年轻，夏天的时候穿一件白底对襟褂子，头发一丝不苟地盘成发髻。穿堂风吹过，带动衣襟发出窸窣声，她的发丝却从不乱。

　　大概是这种外在的表象太好，以至于我从来没有注意到她是何时开始变老的。**时间教会我们宽恕，很多原本执拗的东西都会在时间里慢慢冷下去。**这原本是好事，可是也因为时间的包容性，我们反倒忽视了它的力量，它可以带走一切，甚至是最亲近的感情。

在我读大三的那个冬天，她的精神突然就不好了，一场感冒就折腾得整个人坠在暮气里，我陪着她在医院输水，小心翼翼地拿了暖水袋放在输液管下面给药水加温，来回地询问她，饿不饿？要不要喝水？好像只能通过这种微小的方式来守护着她。她却不时地念叨着，你坐下歇歇，我没事。明明整个人都是恹恹的，可还是故作很坚定。

她一贯都是这样，好强，且不认为自己好强。和她一起外出的时候，遇到陡坡，我总是不由自主地探身扶她一下，她偏不让，每次都要抱怨一句：我还没老呢。她从来不认为自己老，哪怕已经八十岁。在她身上，一直也感受不到衰老的迹象，喜欢一个人做饭，养猫，照料花草。

她日复一日地做着这些事情，不让自己闲下来，在家住的日子，倘若我早上起得晚，被她看到，就会唠叨我，人活一口气，年轻轻的就起这么晚，看太阳都多高了。我总是讪笑着躲过去，偶尔打趣，奶奶，早饭吃的什么，有没有给我留啊？

她做饭的手艺也是好的，印象最深的就是下雪的冬天，一群孩子围着火炉坐在她屋里，一边烤火，一边等着她给我们做出花式繁多的菜肴，虽然都是极普通的素材，却总能被她做成美味。所以唐诗里的"红泥小火炉"，我是真的体会过的。

她给我们的，从来都是温情的，没有什么起伏的东西，像一条直线贯穿在生命里。虽然我知道有一天直线可能会从某个地方断掉，再也连不起来。可我从未因此恐慌过，一直觉得那是很久远的事情，因为她一直都是那样清爽利落的人啊。

出去见人的时候，一定要把衣服穿得整齐利索，即便满头银发被包裹在灰色的头巾里，在别人的眼中，也是个年轻的老太太。买了新衣服时，会孩子般地问我好不好看？我夸她的时候，会含蓄地笑。从不爱吃甜食，自己种蔬菜，饮食健康而规律。没有人能察觉，她已经八十岁了。

可是，这一天，她突然就不再年轻了。

吃饭的时候，会把饭粒掉在衣服上。不在旁边看着她，坚决不把脏衣服换下来。眼神里总流露出疲态。最让人难过的是，她的记忆力一点点地下降。

她问我做什么工作？我回答她之后，间隔不到五分钟，她就又会问第二遍。来来回回地总是那几个问题，忘了，再接着问。我有时候会想，是不是因为她已经不知道跟我聊些什么了呢？她的手脚已经不利索了，不能像小时候那样煮饭给我吃。而我也长大了，不需要她为我扎麻花辫了。我们之间，对等的，能共有的话题越来越少了。

更何况，我想要说给她听的，她也记不得了。可我还是想要说给她听，一遍一遍，不厌其烦，因为我害怕，有那么一天，她记不得我是谁了。

我问她，早饭吃的什么？她想了半天，还是不记得了。

我陪她坐在太阳下，没过一会儿，她就睡着了。阳光照着她的影子落下来，我蹲在她的影子里，牵起她的"手"，就像小时候她牵着我一样。

她问我，你知道天上有多少颗星星吗？能看到嫦娥吗？叫得上这些花儿的名字吗？当年的我，总是一脸茫然。而今，角色互换，茫然的那个人是她。

门口有棵很大的皂角树，她说，她当年嫁给爷爷的时候，这棵树就在了，比她还老。她说这些的时候，会微微地怔住，像是在回忆里游行。这个时候，我从不舍得打断她，每个人的回忆都是限量版的，也许那里曾住过旁人无法理解的鲜活和明亮。倘若作为后来者的我们没有机会参与，那就安静地陪坐身旁，一起看一场属于往事的幕布电影，只不过她住在电影里面，成了角儿，而我住在外面，看着幕布里的她，也是好的。

我知道，她会越来越老。以后的日子里，我肯定会越来越害怕，害怕她会不再记得我，害怕明明没有远离却被外界阻断的情分。

所以，我总想要趁着现在多唤她两声，奶奶，花儿来了。奶奶，知了又开始叫了。奶奶，秋天的橘子最好吃。奶奶，冬天来了，要添衣。

　　四季里，人生里，她教给我的这些东西，我想用同样的语气说给她听。在我温柔呼唤的时候，她恰好还在身边，这就是最好的时光。

# 他的骄傲

我极少在文章中写到他，一方面是因为越是亲近的人，越要斟词酌句，总觉笔力不够，怕明明心中有十分爱意，写出来却觉得像是三分都使不出来。要小心翼翼地掂量着那些情感，让它在笔底生出花儿，还要提醒自己这花儿要蓬勃，要娇艳，总归这种想要竭力描述的情绪大过了描述本身，不够妥帖。另一方面又觉得，我跟他的感情一直都是羞怯的，不管是口头传递爱意还是借助于文字，似乎都是一件难为情的事儿。

我从小就羡慕那种能搂着爸爸撒娇的孩子，闹腾腾的，心都是热乎的。可似乎这样轻微的事情盘亘在我们中间便被加注了无数个坎儿，他不过来，我也不过去。纵然他教会我很多东西，我对他还是又敬又怕，少了几分父女之间该有的亲昵。家中院子的石桌上养着一盆石榴花，夏天，一家人围坐在石桌旁吃饭，他敲敲桌子的边缘，说，我出则谜语考考你。我愣是打了一个激灵。感觉他的姿态宛若古书里拿着戒尺的先生，而我就是那个倒霉的被挑起来回答问题的学生。即便他并不会在我回答不出问题的时候惩罚我，心里也是胆怯的，左右手都找不到合适安放的位置，只能呆呆地立在那里听他开口：户部一侍郎，名曰关云长。上任石榴红，辞官金菊香。

我恰好看过这则谜语，就利索地答道：扇子。他露出欣慰的笑容，我顿时有种如释重负的感觉，还为自己的小聪明感到窃喜，草草地吃过饭，就借口做作业，逃离他的视线。

从小到大，这样的场景时不时地就要上演。他白天忙于工作，似乎只能利用饭桌上那点空闲时间对我进行疏通教育，而我大多数时候都没那么幸运，很多问题并不能回答得上来。于是，只好老老实实地待在他旁边，听他认认真真地跟我讲述，有时候是通过一个小寓言折射出的做人的道理，有时候是一个成语的出处。林林总总，都是极小的事情，却觉得反射到他那里就拖了长长的尾巴，而我还要被动地接受这一条条长尾巴。

说不上埋怨，却也是不领情的。十几岁的孩子，正是玩性正浓的时候，对那些所谓的大道理生不出多少兴致，可他却乐此不疲。记忆中有一次，和班里的一个女孩起了摩擦，俩人吵架吵得凶，到了谁也不让的地步。一个人骨子里的倔强总是在幼时就有苗头，一旦被挑起，就会愈演愈烈。

那一次事件造成的后果就是惊动了老师，我们俩受到批评。待在老师的办公室，我还是硬气地昂着头，满脸的表情都在宣泄着我没错，我也不会认错。因为平时在班里一直以好学生著称，老师并未多加为难我，只是叮嘱我俩以后要团结友爱、不能打架之类的。

回家的路上，我一直磨磨蹭蹭的，带着一种酸涩的小情绪，就像是经常吃的野酸枣的味道，在舌尖曼延，最后弥漫到整个口腔都是。

我只是有点难过，那是属于一个孩子的难过，似乎是不被人理解，还带点别的什么。没想到，回家之后，就看到和我吵架的那个女孩子站在我家门口，旁边还有她的爸爸。我心里一紧，慌乱感是在那一刻才诞生的。

那个女孩在哭，她的爸爸在质问，为什么欺负他家孩子？我的爸爸正在了解情况，他是不会包容我的错误的，我知道。于是，我躲在门口，直到那气势汹汹的父女离开，我才背着书包慢吞吞地回了家。当晚，他并没有批评我，只是用冷静的语气告诉我，他已经向老师了解了情况，不全然是我的错。但是，我蛮横地和同学吵架，这种方式也是不对的。我站在那里，看着他。小小的个子只能触及他腰线的位置，我深深地感到自己的胸腔里涌动了更大更大一波难过，它们像洪水，要把我湮没。

在我还是一个小孩子的时候，他已经把我当作了大人。那一刻，我多么羡慕那个女孩子，有一个会包容她的错误的爸爸。

于是，当别人的爸爸带着孩子玩耍的时候，我的爸爸在认真地教育我。当别人的爸爸在不管对错，都选择为自家孩子出头的时候，我的爸爸在严肃地了解事情的真相。久而久之，我们之间衍生出了这种严厉狭窄的相处方式，无形中有一道灰色的阴影照下来，劈头盖脸。

我以为，这就是我所理解的他对我的样子。

直到后来去县城读书，一个月才能回家一次，见他的次数少了起来，他开始要求我每周固定给他打三个电话。那时手机还没普及，我站在女生宿舍楼下，排好久的队，才能等到公用电话。黄色的听筒在耳边生出了热度，他翻来覆去地还是那几句问话：还有生活费吗？学习怎么样，成绩有进步吗？要注意锻炼身体。我时不时地嗯一声，表示我在听。

后来，这样的通话被我自动缩减为一周一次，再缩减为一个月一次。仅仅是为了向他传达一下我的生活状况。我像一头长出了犄角的小鹿，努力地用自己的方式来迎接这个世界的一切，不管是明亮的还是阴郁的。

有天晚上，突然得了急病，肚子痛到不行。室友都已睡下，却被我的呻吟声吵醒，慌忙给班主任打电话送我去医院。彼时已经过了凌晨，外面下着瓢泼大雨。

从小镇到县城有一个小时的车程。我不知道在那样交通不便的晚上，他是怎样迅速地来到我身边的。总之，他来了。我听到病房外面，他在跟医生交谈。终于安心地睡着了。最后检查并没有什么大的问题，他还是不放心，一直陪着我，絮絮地跟我说话，问我一些学校的情况。

他削苹果给我吃，我伸手去接，一小口一小口地吃完。他突然说，小孩子怎么留这么长的指甲，剪了吧？说罢，看看我，似乎是在征询我的意见。我点头，他才拿了指甲剪，拉过我的手为我剪指甲。

我的手搁在他宽厚的手掌里，一如厚重的支撑。他低着头，许是怕剪不好，很认真。浓密的发丝间夹杂了几根白发。我看着根根分明的白发，想起小时候，他总是让我和弟弟趴在他的肩头，帮他找白头发。还说，谁找到了就有奖励。

那时他可真年轻，黑发根根鲜明，我和弟弟总是找不到一根，失望极了。我都快忘了，我们也曾有过那样亲密的时刻，到底是记忆转了弯，还是心里的刺扎得深，总也不明朗。

护士进来时，看到他在给我剪指甲，笑着说：这么大人了，还让爸爸给你剪指甲。他也笑：我闺女嘛。

不知道为何，我恍惚地很想哭。

我跟他就像两个捉迷藏的人，小心翼翼地躲避着对方，一躲就是十多年。我愈来愈大，他愈来愈老，我忙着对付青春期的小情绪，我忙着去看更大更新鲜的世界。我把他曾赋予我的那些酸涩的情节一点点放大开来，放大成一面有裂纹的镜子，搁在我俩之间，也不想去修补。

在我还很年轻的时候，就好像得了健忘症。我忘记了小学三年级的时候，我去参加镇上组织的知识竞赛，前天晚上特意准备好了考试要用到的一切工具，整整齐齐地放在文具盒里，可是进入考场的时候才发现我把文具盒落在了家里，正在我心急如焚的时候，他出现在了考场外面，拜托老师把文具盒交给我。夏天的太阳那么大，他骑着自行车在路上疾驰，汗水随着风都甩在了身后。我忘记了幼时生病，总是他背着我去医院。我趴在他的背上，整个人蔫蔫的，耳边回荡的只有他的声音，想要吃什么？爸爸去给你买。

他也曾经是我的全世界，只是这些都被我选择性地遗忘了。我记住了他的脾气差，我记住了他对我的严苛。那些严苛像是有戾气的剑，时不时地打磨着我，终于让我变成了一个坚韧、不轻易认输的女孩子。

我有时候想，这是不是就是他最想让我成为的样子，或者他认为一个女孩子最应该具备的样子。我在他的期望里成长，承受着那份他给予我的却不是我渴望状态的父爱，也承受着心底无以投递的委屈。

大学入学的时候，他送我到学校，也仅仅是拍了拍我的肩膀说，你看你，都读大学了。我低着头踩着自己脚下的影子，再抬头就只能目送他离开的背影，一步一步稳稳地穿过人群，离开了我身边。周遭都是陪同孩子来学校报到的家长，他们兴奋地在校门口合影，照相机咔嚓咔嚓的声音此起彼伏。

我呆呆地站在那里，看着他走远，越走越远……

而我，也越走越远。他日日里给我打电话，寥寥数语后，两个人就沉默地顿在那里，明明不需要句读，偏偏画了停顿号。

我把日子填充得密密麻麻，我参加五花八门的活动，我做各种各样的兼职。我努力写稿，我认真朝着自己向往的方向去，我希望那里有能为我照明的光芒。这些我从来没有告诉他，我总在想，等我变得好一点，再好一点，可以成为他的骄傲的时候，我要告诉他：爸爸，我一直在努力。我自以为是地觉得，我在他的心里，一定是不够好的。

直到暑假的时候，刊登了我文章的杂志社把样刊寄到了家里。他帮我拿了回来，欣喜地问我是什么。在那之前，我从来没有告诉过他，我给杂志写稿。说起来，真的是忐忑，觉得那些文章不够漂亮，想必是不能入他眼的，更害怕他轻飘飘地撂下一句让我受打击的话语。

所以，不言不语。

我把样刊随意地扔到了书柜上，并没有过多理睬。过了几天，无意间听到他和旁人的对话，语气骄傲地说女儿的文章刊登在杂志上了，还把文章内容说给旁人听，也不顾忌别人是否爱听。我靠着墙壁，生出一丝颓废感。

　　在我看不到的地方，他也会不遗余力地称赞我。而我，原来也能成为他的骄傲，可这些究竟是从什么时候开始的呢，我竟不知道。

　　抑或，从生而为父女的那一刻，就有了吧。

　　我用我倔强的羽毛把他扫到了一个小小的角落，他只能站在那里窥视我不想让他知道的生活，而后再在我面前故作无恙。

　　龙应台的《目送》里写：我慢慢地、慢慢地了解到，所谓父女母子一场，只不过意味着，你和他的缘分就是今生今世不断地在目送他的背影渐行渐远。你站在小路的这一端，看着他逐渐消失在小路转弯的地方，而且，他用背影告诉你：不必追。

　　是的，不必追，想必是追也追不上吧。

　　工作之后，我跟他倒是逐渐亲近了起来。他也开始尝试着对我说一些柔软的话。每天都要打电话询问我的情况，有时候我因为工作累，不耐烦，他就识趣地挂断，还不忘叮嘱我要好好休息。他甚至学着使用微信，日日里给我发一些乱七八糟的链接，无非就是女孩子一个人在外需要注意的事项，怎样才能吃出健康，等等。我每次都是扫一眼，就不去看了。

　　**他用他的方式在对我好，我坦然接受着，却并不觉得这种好是生活必需品。**

　　去年初冬的一个早上，他突然打电话过来，问我睡醒没？我还在蒙眬之中，意识尚不清醒。过了半晌，才听出他话语里的异样，慌忙问他怎么了。他还是故作淡然地说，没什么大问题，就是工作的时候，发生了点意外，你要是能请假，就回来一趟吧。我立马嗅出不对劲，以他的性子，倘若不严重，是绝不会给我打电话的。

我赶到医院的时候，看到他的样子，心窝里升腾的都是迟暮的悲凉。他躺在病床上，行动不便，连起身都要扶。我上前一步，唤他爸爸。他瘪了瘪嘴，说你回来了。那神情凄楚又酸涩，被疼痛折磨得分明想掉泪，可还是尽力维持着若无其事的姿态。

这是他的骄傲，骄傲的他，在我们相处的二十多年间从来没有把这背负从他肩上卸下。那段时间，我请了长假，在医院照顾他，就像小时候每次我生病他照顾我那样，给他洗手洗脸，给他剪指甲，给他削苹果。

他变得很安静，不再跟我讲道理，跟我说话都很小声。再逞强的人在疾病面前也会软弱得不堪一击，只是软弱的人是他——我那骄傲了一辈子的爸爸，我终归还是太难过。有一天下午，因为工作上的事情我接了个电话，回来之后帮他量体温，他突然语气低低地说了一句：爸爸对不起你，耽误你工作了。

我背过身去，眼泪刷的落了下来。父女之间，哪来的这些小心翼翼？

　　我跟他之间，怨怼有时，沉默有时，无奈有时，但那些爱那些彼此的牵挂和担心，从我出生的那一刻就是真的，像打在身上的烙印，再没离开过。我在他的严苛下长成了令他骄傲的姑娘，赢得来别人的认可和掌声，甚至有更长久的时间去赢得这个世界的鲜花和拥抱，可他的衰老也是真的，我该拿什么去还？

　　幸运的是，我还能一点点地努力长成他期望的样子，而他，还能看着我成长，这就够了。

# 自
# 然
# 喜
# 悦

　　八月底，这一年的三分之二已经结束，很多计划内的事情都被无限期拖延下来，有太多未能成行的念头一口口啄着残存的意志力。

　　真害怕，时间就这样被单一的工作吞噬掉。生活的敌意都没有重复来得可怕，无论清醒还是睡着都一样单调。

　　**日子统一了口径，想要辩驳的时候却发现台词已经写好，舞台宽大，灯光却暗着，只能做个可以发声的木头人，没有人会想到要去注意你的表情。**

　　这样的情形，完全没办法做到不躲不避，哪怕躲避之后再归来，也要停下来喘口气。

　　西北之行就是在这种情形下定下来的。

　　说是西北之行，最终却是为了青海湖，同行的朋友说，那是她的愿望清单之一。想到还有那么多的好风景没看到，就对人世充满了期待，再狂妄的风暴都不怕了。

在兰州逗留一日，兴致勃勃地去吃当地小吃。任何一件事，最后的归宿是食物的时候，解读起来都比较美味，真情泛滥，还容易满足。即便在它怀里迷了路，也愿意慢悠悠地去找出口。

傍晚，沿着正宁路小吃街，我俩一路吃过去。特意穿了宽松的长裙和平跟鞋，无牵无碍的自由，不仅在心里，还有身上。**一切不被束缚的时光，都有老旧唱片的味道，尘埃落上去，不用擦拭都动人，只当它是陈年旧迹，裱了做装饰。**

在小店里吃羊肉串，特意点了最辣的，就着冰啤酒，暑气还未散尽，也不怕寒。我是无辣不欢的，朋友吃得汗涔涔，用手掌在额头扇风，嘴巴却没停下。

街道不长，却足够吃得畅快。回去时，两个人都有了饱足后的困意，街道口有灯光，粗犷地亮着，不像是从前在胡同里看到的灯笼里映出的猩红的灯光，也没有影影绰绰的暧昧之气，更没有夜的薄凉。就是齐刷刷地亮着，和白天一样，一丁点凄清之气都没有。

我俩也没有，提了一袋子青提回酒店，晚上还能闲聊。

不要情调，不用气氛，什么都不要，清清静静最好。

电视机里在放一档选秀节目，选手要离开舞台的时候，眼中带泪地诉说着梦想和艰辛。她站起来换了台，突如其来地说了一句，谁努力不是为了不平凡，可不还是平凡地活着吗？这世界能给你追梦的机会，已经是格外宽容了。

我把青提洗好，拿给她吃，"当下的任务是把这些消灭掉。"她接过去点了点头。

第二天醒来，太阳还没升起。在窗前站了一会儿，闻到室外早晨的清爽味，一下子提了神，整个人容光焕发。我已很久没有起得这么早，时常无规律的生活，熬夜导致无法早起，把早晨的日照这个景象从生活里抹去了许久。

这种不正常的状态成了常态的时候，稍作调整，会有出其不意的效果。直到去青海湖的路上，坐在车里，也还是抖擞着。车窗外完全陌生的地貌，罩在眼前。

路过金银滩草原，据说七十多年前音乐家王洛宾正是在这里邂逅了牧羊少女萨耶卓玛，创作出了广为传唱的名曲《在那遥远的地方》。

大凡美丽邂逅只要成了传奇，总会被人挖掘出缘起，不会有人探究缘分的走向。

这首《在那遥远的地方》于1947年被美国黑人歌唱家保罗·罗伯逊翻译成英文并在上海公演，后来成为了经典电影《小城之春》的插曲。在此后的半个多世纪中，世界著名男高音卡雷拉斯、多明戈等歌唱家，都曾多次演唱过这首歌曲。《在那遥远的地方》由此成为世界范围内传唱最广的华人歌曲之一，王洛宾也因此获得了"西部歌王"的美誉。

而那个眼睛像晚上明媚的月亮的少女不知道去了哪里，格桑花还在，羊群也还在，承载着地方象征的东西，永远都在。

斗转星移，变的似乎只是时间。

爱情也不会变，永远都有新的主题来为它做注解。

抵达青海湖的时候，天空下起了小雨。裹着厚披肩还是觉得冷，雨水落下，湖面荡不起涟漪。

水平如镜，天空正蓝，坐在湖边礁石上，听着细微的风声。这个在藏语中被称作"青色之海"的地方，它的美如果用一种颜色来形容，一定是白，干干净净的白，你可以为之涂上其他颜色，都能恰到好处地融合。

我不想融合，只想在这白色守护里歇一程，等一等心里的宁静。草地上的五彩经幡在风中摇摆，在大地与苍穹之间飘荡，构成了一种接天连地的境界。

帮朋友拍照，看着她在镜头前跳跃，全然不顾雨水打湿了头发。一切都年轻着，喜欢着的时候会让人变得年轻。

没有戾气的地方，人也没了脾气，每个故事都像是未完待续。一对头发花白的老人在青海湖边依偎着，大概是让旁人帮忙拍照，还变换着各种造型。

远远地看着，像跳舞一样。

朋友也注意到我的视线。"跟他们相比，我们像是步入了迟暮之年。"她调侃道。

"不，我们也年轻，但没他们蓬勃。"

年轻的不只是状态，还有气度。

沿着青海湖缓缓地走着，想象每个人身上都有不一样的故事。

我们不做无谓的寄托，守候着自己的故事，却能在无意间感受别人的故事。

雨没有下太久，天空很快就晴朗得无边无际。

要离开的时候，碰到了那对老人，提着当地特产。带着微微笑意，心满意足。两个人互相搀扶，步子很慢。

朋友心直口快，上前询问要不要帮他们提行李。

"不用，不用。"回答的是丈夫，他摆了摆手，看了妻子一眼。"我们硬朗着呢。"他说完这句话，用手拽住了妻子的胳膊。

两个人已经六十多岁了，从江苏来到青海湖。说是趁着腿脚还灵便的时候一起出来看看世界。没有跟团，一起走哪算哪。

他告诉我们，就是想要享受下二人世界。

底气十足的话语，从口中说出来，有太多触动。

我抬头，一时之间不知道该如何表达，要知道那是海拔3000米的高原，也许会遇到许多未可知的突发状况。可是看着他们依偎着站在那里，那么美的青海湖都成了他们的陪衬，我在脑海里重新组合着浪漫的定义，无解，但我知道这就是。因为他们的目光里只有喜悦。


"如果心不造作，就是自然喜悦，如水不加搅动，本性是透明清澈。禅坐的心就像一罐泥水，人们越不理会或搅乱它，杂质就愈会沉淀到罐底，水的自然明净本性也就会呈现出来。心的本性也如此。任其自然，不加改变，就可以找到喜悦和清明的真性。"莫名想起索甲仁波切《西藏生死之书》中的这段话。

人、景，都是自然喜悦。心不造作，爱也喜悦。

凉风过处，我们继续走着。
纵使返程了，也还有新的喜悦。

# 药香

最是喜欢中药的名字，那么生动那么美，读起来潋滟生香，唇齿间都叠着一股缠绵悱恻的宁和。连翘、白芷、独活……感受着这些字词在舌尖翻转时，心底就仿佛裹着一段段陈旧的故事，颤巍巍的，却还是铆足了劲儿往外跳。连翘是个调皮的孩子，她的故事沾染着浓浓的喜气，你听了要合不拢嘴；白芷是个文静的姑娘，鬓边插着翠玉钗，瞅着你柔柔地笑；独活眼窝里深沉的落寞让人忍不住喟叹。

夏日的午后，她们端坐在紫砂壶里，讲述着各自的故事，糯软的语调伴着小火花发出的噼啪声，脆生生的，余音淡远缥缈。每当这个时候，我都会搬把凳子，坐在炉子一侧，看文火细细煎药，有青烟缕缕散过天幕的一角。我侧着耳朵，试图聆听她们的语言。许多人都说中药极苦，然而我每每闻到那样清冽的气味，就觉得裹着暗香在里面。

　　幼时，因为胃不好，每个炎夏，肠胃总要闹一场，就要去邻村伯伯家的药房看病，穿过他家小小的庭院，在左转弯的角落向前迈几个台阶，就能看到坐落在那里的药房，常年飘着驱不散的中药味，里间是红木漆成的柜子，一格一格的，码放着整整齐齐的药包，柜子侧面的横木上贴着标签，用毛笔写着药的名字。我总是隔着柜台注视着那些用线绳包好的药，想要用手轻轻触碰，却又仿佛不能触及的神圣事物。这时，伯伯就会指着药包上的毛笔字问我，认得这药名吗？我就眨巴着眼睛，看着那些勾勾画画的字迹，努力认，那时还没临过帖，尚不懂得字的美，只觉连贯繁复，极难辨认，但凡能够读出一个，就欢喜得很，伯伯也会夸我聪明。我也就真的认为自己是聪明的，这对一个年幼的孩子尤为重要。
　　待到午饭时间，如果爸爸还没来接我回家，伯母就会留我吃饭，大概是考虑到我的病，她特意熬了黄灿灿的小米粥，配着绿莹莹的青菜，极为爽口，即使身体恹恹的，倒也能吃得下。伯母性子贞静，话很少，只站在伯伯旁边时，脸上会挂着暖暖的笑。我那时也还不知道"鸳鸯比翼""神仙眷侣"这样的词，但隐隐觉得他们在一起的画面无比和谐美丽，气韵都是宁静的。后来，我读了《浮生六记》，看到里面的芸，酌情寄趣，能同夫婿月光对酌，微醺而饭，就时常想起伯母来。素心如雪，通透灵韵，好像这世间美好的女子都有相通之处。
　　大抵是因了他们的悉心照顾，我并不觉得病痛有多骇人，反倒在那样的环境里闻得各种各样的香。药香温实而厚重，粥香朴素而妥帖。那感情也是带香的，绵绵密密的。

《红楼梦》里的宝钗，常年服用一种叫"冷香丸"的中药，时日久了，身上便带了股奇异的香味。这种原本苦苦的香渗透到内里，就仿佛变了模样，出奇地好闻。为此我心生好奇，还特意查了医书，才得知药香原是中国传统中医药的一个组成部分，史称"药"，药香同源。

原来药真的是香的，再闻得中药香，更觉沁人心脾。想起前一阵，听得一个老中医说，中药内里平淡，药性温和，虽然不能对病症起到立竿见影的效果，但调理身体，标本根治，是极其难得的。这也和人的心性是一样的呢。

我默默地应和，悄悄地懂了他的意思。

心思澄澈，内里稳妥，他一直守着这个。

后来，伯伯家的药房拆迁了，起初因为在村里看病的人越来越少，再后来他年纪大了，没多少心力把脉探病了。

上次回家时，爸爸告诉我，伯伯去世了，癌症晚期。

他医了一辈子的病，最后没法医得了自己。

我愣怔片刻，不晓得该说些什么。天空里有一闪一闪的星火，明明灭灭，倒像是小时候看到的药炉里迸出的小火花。

后来，在异乡，每遇疾病，在人声鼎沸的医院里煎熬的时候，都会想起那间药房，那药香好像一直都在。

# 苔花如米小

我们追求内心强大，往往是因为还不甚满足于自己的状态。似乎向上一分，瞭望得更远一些，就能更有意义一点。追根究底，谁也不知道，这个强大的底线到底是什么，或者也不需要什么底线，追逐的过程本身就足够绽放。

就像苔花如米小，也学牡丹开。

某一年，还在乡下教学，在一场学习交流会上，听到一位女教师说出了这句话"苔花如米小，也学牡丹开"。我抬头看她，小圆脸，柔软的短发贴在耳后，不是出众的美，却自带晕光效应，淡淡的秀气，笑容舒畅，声音也是带着静气的，不张扬，也不低弱，中和的气度飘过来，清新怡然。

她谈起自己所在的学校，小的，不知名，却是她深爱的，她在学校里朴素地行走，为人师，也为自己师。做一件热爱的事，不过分用力，但全心全意，存着自己的生机，传递给外界的都是暖光。心思淡泊的时候，往往能不疾不徐地走出更长远的路。她带出了一批又一批优秀的学生，后来她成了骨干，甚至成为优秀教师代表去美国交流访问。

她说，我只是个小学教师，热爱这个岗位，从没想过能拥有这么多。我却觉得一个心思富足的人一定能得到更多。

她提到自己每天坐公交车去上班的路上都会踩着空当写日记。中途偶尔也会插入自己的生活，没有刻意，谈到自己的爱人，三言两语带过，字字又都是暖意。

一个幸福的人，幸福感是会溢出来的。满了洒出来，别人闻到的都是香气。她说自己是苔花，花苞小，花期短，那又怎样呢，反正知道自己在开放就够了。

我想起我的朋友阳。我总是愿意跟她在一起，哪怕我们一年联络不了几次，见面时的氛围却总是恰到好处的柔和，哪怕我们都不说话，就是抱着膝盖坐在路边看风景，都不会生出一种无话可谈的尴尬。

似乎无声，也是一种默契。

有些人像水，哪怕从你头顶泻下，也是润泽如小溪，从来不会让人灰头土脸，无处可退。可交心，亦可单纯为伴。她不懂咄咄逼人，也不黏腻万分。很多时候，都是森林里扑棱棱飞过的小鸟，翅膀沾着露水，抬眼看你。倘若你需要讲故事，她就挥下翅膀应和你；倘若你需要躲回自己的森林，她就去找自己的天地。

不是君子之交，却淡如清水。

那次在她的城市逗留，火车到达已是深夜，在她那里会面。她煮面给我吃，翻箱倒柜，而后害羞一笑，好像没有东西了，煮方便面吧。

于是，凑在一起吃面，还有一盘她用并不熟练的刀工切的水果。摆放随性，两个人吃得有滋有味。她并不十分擅长做饭，却为我做过很多次饭。

每次路过那个城市，她就是我全部的安全感。我们从不说煽情的话，没有女生间亲昵的小情节，在一起时各自情绪也不鲜明。

她说她养了盆月玫要给我看，兴冲冲地发来图片。我莞尔，明明就是月季。她说就喜欢叫它月玫啊，好听。

"那就当它是月月开的玫瑰花好了。"我喜欢我们之间近乎孩子气的对话，让我有一种青春从不短暂，随着时光到处蔓延的感觉。

高考那年，查完分数，我们给彼此打电话。成绩远远低于预期，都太难过，电话通着，也不知道说什么。后来她开始哭。

我安慰她，就把自己的泪水咽回去了。当时的感觉就是她在流泪，那我就需要守护。两个人不能同时脱缰。

年少的多情就在于总能够把细腻的心肠巧妙地运用到在乎的人或事上。得到关爱很幸福，付出也总是满足。

后来，她学医，我读中文。刚接触那个专业的时候，她打来电话说，我那么喜欢美好的东西，可医学就是把美好的事物肢解成一片片，血肉模糊。

最后四个字，莫名让我打了个寒战。她语气正常，没有鼻音，还故意笑声朗朗，可难过却顺着话筒传过来，四分五裂，噼里啪啦碎了。

**山峦起伏，情绪只能在山底被压抑，纵使泥沙俱下，也要装作一派祥和。没办法，过分骄傲的人总存着自己的执着，不声不响地提着一口气。**

偶尔需要舒缓一下，过后还是自个提着。越提越远，越来越从容不迫，终于和自己的气息融合。

我无须安慰她。从某种程度上，我们都是硬挺的人。同类间，给个出口就能溢出倾泻而下的温柔。用这温柔取暖，却不必借此绑架情感。终归谋面过后，各自往前。

她变得越来越优雅，虽然工作的性质并未改变。只是日久天长，已学会坦然应对。

大概没有比这更和美的事情了，你看着一个人的变化，随意截取一段，都能凑成花好月圆，像晴空般热烈。她后来再打电话，也会沉默，但没有困惑。

只有当你足够好，才明白你想要的到底是什么。当你具备这种品格，且能自发地带动它和你融为一体时，就会懂得强大的意义。

# 漫漫一生，足够长情

倾泻而下的温柔，留给一个人就足够。陌生独立的个体，相遇成知己的奇迹，一辈子一次足以把感情线画得饱满。

我很少叫她的名字，在这十年间。熟悉到极致的人，总有一种默契，无声也能诉说一切。她不爱说话，我也习惯沉默，两个人时常隔着电话线，听着空气，也没有太多尴尬，空出手来还能翻翻手边的东西，突然看到一句好玩的话，念给她听，叽叽喳喳一下子，话音再度凝固。而后同时挂掉电话，在这一天内，能说的话都说完了。

适度的距离，各自的方式，不远不近地相处，是磨合了多年衍生的方式。

两个同样沉闷的人，做朋友需要耐力，毕竟再过亲密也怕冷场。但两个同样执拗的人，认定了一份感情都情愿不遗余力，这样看来，也不害怕冷场，情太厚，多冷都捂得透。于是，难免挥霍，给予小小伤害。

她总说我们不一样，虽然都收着性子，屏着气息，可哪怕坐着不动，都是不一样的气场。她的内敛里带着时不时要狂放一番的野性；而我，最能不动声色地关好一切乖张，眼神平顺地招呼突如其来的慌乱。

我喜欢她野生的韧性，我不知道她喜欢我什么，这么多年，一直不敢问。

我们一起去旅行，一路上她都在帮我拍照，虽然她比我好看很多倍，可她愿意把镜头给我。两个人合照很少，只顾着四处张望，寻找心情。和她在一起，这是最理所当然的状态。在外人看来，总归不够亲密，时不时端着，像负气的孩子。

其实谁都没有，只是脖子一直硬挺着，久了就不知道该如何低下头。十年前就这样。

那时她年轻无谓，每场恋爱都要伤筋动骨。失恋了躲在黑暗的操场上哭泣，头埋在膝盖里，压低声音哽咽。

我们俩，哭泣的方式都一样，克制隐忍又悲戚。

我蹲在她脚边，没有安慰的话。没办法，总也学不会怎么让一个人的眼泪收回去，况且我自己也不喜欢哭泣的时候被人打断。

"你蹲着就像一个萝卜。"她哭够了看着我说。

我站起来，拽她起来，走吧，难过久了，就找不回快乐了，所以最好给悲伤也定一个时限。痛苦就像蹚河水，你赤着脚站在里面，被寒冷吞噬，以为蹚不过去。可有人拉你一把，推推手也就向前走了。

我并不十分需要一个给我清醒的安慰的伙伴，只要在我迷惘的痛楚里，递给我一只手就好，不用一双，人不能太贪婪。太过沉重的索取或付出都是狭隘的桎梏。

她清楚地意识到这一点，所以在分隔两地工作后，每次见面都会尽量把彼此的节奏往轻松的路线上带，以期能够合拍。

提到这点，不得不说，相处了这么多年，我们依旧是不合拍的。也许在我蹲在她旁边伪装成萝卜的时候，她指不定在心里期待着我能够像蘑菇那样撑起伞状的脑袋，遮住她趴在膝盖上因为哭泣而耸动的肩膀，又苦于我脑袋不够大，只好作罢。

于是，这么多年，耿耿于怀。


我去她的城市，在蜘蛛网似的居民楼里迷路，打电话让她来接，而后呆呆地站在路口。她带着汉子般的强迫主义告诉我，你作为一个成年人，有足够的能力找到回来的路。

我不依不饶，她不屑一顾。

最后在电话里给我描述了半个小时的路线，我依旧是对着天空翻白眼，以不容置喙的口气让她马上过来。

我俩拼耐力，用蠢萌的我发明的无聊游戏。她来了之后，唠叨两句，挽着胳膊去吃东西，一团和气。

好像从来没有太过靠近，但也不生间隙。

年少疯长，留了太多无瑕的好模样。因为记挂着最好的时光，所以哪怕遇到最坏，也不会埋怨。

中学时，有一次丢了钱包，里面是一个月的生活费。不好意思问家人要，她把自己的那份分成两半，带着我横扫食堂。冬天的早晨，下了早自习，买个茶叶蛋握在手心里，热乎乎的温度蹭得整个人都不哆嗦了，俩人并排着踏雪回宿舍。到了宿舍之后，鸡蛋剩下的余温刚刚好，吃下去，隔开寒冷的空气消化在胃里。

吃完之后，她总要躺在床上捂着肚子充当哲人，肚子好饱，胃却好空。我踢她一脚，少在这装消化不良。再晃晃口袋里叮叮当当的硬币，我们要不要再买点别的东西啊？

她喜欢收集硬币，买东西时总是不厌其烦地告诉卖家，找零的时候一定要硬币。可她又嫌沉，故而我就充当了存款机。

蒹葭之年，从不缺少静气，从里到外，都是清澈纯粹。一如水草，招摇生动，常披绿衣。

我也总认真地渴望能将这绿色一路沿袭到底。

于是，这么多年过去，无论我们在外人面前扮演着多么坚强的角色，一遇到彼此就自动归为懒癌晚期的少女。两个人一路上斤斤计较了好久，她抱怨我到底怎么活了这么多年，到一个陌生的城市路都找不到。我想都不想，反正这里有你啊。

说完，就觉得矫情了。

我希望她把所向披靡留给外界有凶险的地方，回到我这里，就有着陆的安全。我也一样，把她当作避风港。

一个人的内心，最常有的状态其实是流动的，所以，我们经常会在某个阶段倾向于爱惜某个人。可能因为气味相投，也可能是单方面的热爱延续了下来，甚至只是刹那的交会，一瞥的感情。

故而，把一个偶然打磨成生命里的必然，需要太多的机缘。一份感情有始，却不会终，是莫大的幸运。

走过一家蛋糕店，去买甜点，她选了带有很多提子和果仁的面包。她热爱甜食，我觉得这样很好。能由衷地喜欢一份带来甜蜜感的东西会让人幸福，比外界给予的要容易得到。

而我不，我只在心情难过的时候才吃一点甜食，永远无法喜爱。但我习惯带着，办公桌上、包包里总有玻璃罐装的糖果。五颜六色的，很少吃。看着很快乐。偶尔也会拿给不快乐的人，跟他们说，给你快乐。

把小小的愉悦分散出去，任它自由地挥发，并且相信它的归宿也是快乐。这是我的秘密。人都有自己的秘密，不是隐蔽的不安全因素，而是一种贴身武器，像是心灵密码，当你站在沼泽里的时候，能按照这个密码走出来，哪怕没有人在彼岸。

我们分隔的这些年，都在寻找自己的密码。

她结了婚，做一份朝九晚五的工作，一年内会出去旅行几次。日子平淡得和周围人一样。但我喜欢她的平淡，在适宜的年龄，走了该走的每一步。我作为一个见证者，上场时有角色，退场时有位置，就是最美。

后来我翻到她刚读大学那年寄给我的明信片，就一句话：I don't miss you very much, but always。我想了想，在后面添了八个字：漫漫一生，足够长情。

# 怀良辰 以孤往

第一次体味到孤独，是七八岁光景，和父母怄气，离家出走，如今已想不起是为了什么，然而在当时，却是负气到极致。

又不敢走远，家门口有棵泡桐树，正值四月天，花开得恣肆。嘴里噙了朵桐花，坐在树下，慢悠悠地想着什么时候会被找回家。

孩子的单纯就在于总是能在复杂的事件里，找到自己想要的点，只要被满足，就会异常快乐。事实上，他们的满足感也很容易实现，可大人往往喜欢忽略这一点。

出走的时候，天已经黑了下来，没多大一会儿，我就在树下睡着了。可并没有人来找我，想要得到的满足感就那样扑了空。

　　小小的人儿，在黑夜里感到满满的惊恐，褐色阴影，笼罩在头顶，翻滚出忧伤的气息，咕嘟嘟地冒着泡。

　　虽然后来父母极力向我表示他们当时以为我已经回自己房间睡觉了，并不是故意不去找我。我还是存了几分委屈，他们不曾想到小孩子的气性有那么大，但我知道，即便世界很小，也会有很多通道，每个通道里都会有小孔，有的能通向璀璨，有的却是背对着光。这些小孔组成的万花筒，需要人去发掘。

　　有大人愿意去试探，他们俯下身子给予拥抱、微笑、宽容；也有大人始终站在小孔外面，没有朝里面看过。

　　那些不被察觉的小孔里的世界，就过早地体会到了一种叫作孤独的东西。虽然这种东西在我成年之后，时不时地就会来骚扰我一下。但我依然固执地觉得童年和成年该有鲜明的分界点，既然早晚要承受，何不来得晚一点？

　　成年人的孤独感似乎带了点随心所欲，又有那么点勉为其难，随心所欲应对的是自己，触景生情、黯然神伤，每一种都是轻易能被挑起的死结。勉为其难应对的是世界，裸露自己的孤独给外人看，或多或少有点羞耻，只好藏起来。

　　况且成年人的孤独，也不似小孩子那般，要找个事由，完全可以兴之所至。

　　恍惚记得，有一年，去同一个神交已久的文友会面，两个人一直聊得畅快。晚间，她男友过来接她，三个人一起吃晚饭，在一个并不宽敞的小店，难得的是能看见外间猩红的灯火，一蹿一蹿，跳在对岸的湖面上。

起身添茶时，衣襟带过，碰翻了茶盏，水流顺着桌子往下滑，坐在我旁边的朋友也连带遭了殃。我手忙脚乱地拽过近旁的纸巾想要帮她擦拭，只见她男友已抢先我一步。我帮不上忙，只好站在一旁不停地道歉。朋友一边冲我笑，一边安慰我。在她男友慌张的爱护里，让我体会到一种莫大的恐慌，像是犯了大错，手中的纸巾紧紧地揉成一团。

所谓情深意切也许就是容不下别人的打扰和唐突，哪怕是一丁点毫无恶意的伤害，而敏感者的孤独又太容易被挑起。

最后到底也没有落座多久，那男子就催促离去，俩人相携远走。送走他们后，我回到酒店，换下手拽了一路的裙子，大片的水渍印在白色的裙子上，像哭丧的笑脸。

透过落地窗，街灯不停歇地闪烁。就是那一刻的孤独，刹那如焰火。想打个电话给想念的人，翻来覆去地按着手机键，最后还是关了机。

我所能体味的那一刻的孤独就是，你想要让之陪你走出孤独的人偏偏是让你萌生孤独意念的人。

于是，你知道，孤独不可说。

这种是来自情景之下的怅然若失，还有一种孤独是自身水分的流失。《倾城之恋》里，印象最深的一个片段就是白流苏在客厅未干的墙壁上拍下一个又一个的绿手印。

那种在动荡和被弃里引发的孤独感真正地变成了一张大而密的网，兜头将她湮没。而那一瞬的稳定，更有一种对前半生颠沛的平复。

　　乱世红尘里，只要身边的这个人就够了，哪怕不是现世安稳，岁月静好，能有一刻便享一刻。像是妥协，但更像是一种遵从，遵从长长的一生，要跳过去，难免就会打湿鞋面。大多数人并不会因为鞋子湿了，就扔掉它。

　　可大多数深沉的孤独是容不得你矫情的。16岁那年，母亲被查出患有脑肿瘤，确诊的那天，我坐在马路边，一直仰着头，并没有哭泣，不知道为何没有哭泣，大概是也不知道该哭些什么。当时年龄尚幼，对这个病没有系统的了解。只是看过很多的偶像剧，里面的女主极容易得这种病，病痛完全可以把人吞没，甚至有可能永久地湮没在这个世界。

　　正赶上暑假，我陪着母亲住在医院里。在我们不知道的时候，肿瘤已经潜伏了很久，直到压迫到视神经线。母亲的脾气变得极为暴躁，哪怕我是她最亲近的人，她发病时都会对着我大声嘶吼、怒骂。

　　她被推进手术室的时候，我坐在等候区，直盯盯地看着那扇门。医生说有百分之五十的成功率，我怕极了那另外的百分之五十，有可能就关上了一个人的一生。当人被逼着做这种生死攸关的赌注时，心脏就像被猎鹰啃噬着，慢慢地瘪下去，还要一直呈现血淋淋的伤口。

　　所有的情绪都是复杂的，父亲在我身边，可是我们各自心底的冷意都在蔓延着、上升着。谁都在盼着它降下来一点，心提到了嗓子眼就是那种感觉。

在那样的时刻，我们其实是两个独立的个体，孤独着各自的孤独，并不具备相互取暖的力气。

母亲手术后的那段日子里，她的情绪饱受着极大的折磨，会突然说一些莫名其妙的话，也会发突如其来的脾气，气势大到完全无法阻挡。她会去拽那些禁锢在身上的东西，氧气罩、输液瓶……有时候父亲不在身边，我一个人拉不住她，就会上前抱住她，一声一声地唤她妈妈，这个时候，她就会安静下来，一言不发地看着我把一切归置好，为她盖好被子。

同病房有位阿姨，和母亲患的病类似，只不过肿瘤位置不同，明显要轻得多。她的丈夫陪在身边，两个人宛若刚恋爱的情侣，妻子输液的时候，丈夫就在旁边为她削水果；空闲的时候，俩人就开发一些脑力游戏玩；傍晚，俩人就牵手出去吃饭、散步。阿姨喜欢跟我聊天，说些碎碎的家常，我总是听着，她的声音很暖和，使得病房也不那么可怖。有时候会在我母亲面前称赞我是个孝顺孩子，兴许是听多了母亲在病中对我的责骂，有点特意为之。

有次给母亲换药时，她再次脾气发作，对着我大吼。隔壁床的那位阿姨正在和她丈夫下跳棋，俩人笑声朗朗。

两相对比，不平稳的气息愣是升了上来，整个人已腾不出可以缓解心情的空间。我知道母亲的病痛压迫着她做出一些违背心意的行为，可同一片空间下的折磨和祥和，那样气冲冲地摆在一起，由不得人不难过。

我借口去卫生间的机会，躲在里面，把水流开到最大，哭得声嘶力竭。我以为我发泄出的情绪，母亲听不到。

她没有提，我也不会开口。直到几天后，父亲像是无意地说，你要原谅你妈妈，她不是故意让你难过。我轻轻应了声，背过身去，把洗好的西瓜，切成小块摆在盘子里。母亲喜欢吃。

待到母亲的病情平稳下来，隔壁床的阿姨也做了手术。术后一周，她就已经能够热烈地宣告出院计划了。

所谓热情的感染力，就是从细枝末节都能涌动出竹子拔节般的脆响。在颓败低迷的气氛里，没有人不喜欢听那样的响声。

暑期快结束的时候，父亲催我回去。母亲的性命已无碍，但这场大病足以摧毁一个女人曾有的健康。

我时常为她感到悲悯，她的孤独是身为亲人也无法为其分担分毫的痛楚。可我不能关心更多，唯一的心愿只是她能好好地活着，久一点，再久一点。

那一刻，我才体会到史铁生在《我与地坛》中描述的面对儿子的病痛，母亲兼着痛苦与惊恐以及最低限度的祈求是何种意味。

太难熬了，面对亲人，我们再怎样都无法做到置身事外。我诅咒疾病，我厌恶自己的无力，我没法眼睁睁地看到我最爱的人衰败下去。

明明没到季节，就开始自行凋零。我恨不得在凋零的常青藤树上绑一片手绘的绿叶，永远绿着，永远不会丧失希望。

后来，母亲出院后，留下很多后遗症，视力很弱，整个人虚晃。我做饭给她吃，我说，妈妈，我要把你养得胖胖的，你太瘦了。我说，妈妈，我马上就要去念大学了，你得看着我啊！

我絮絮叨叨的，像个老人。可我一点都不介意。我以前从来都没有完整地跟她说过一句"我爱你"，从来都没有。

我就想让她知道我在陪着她，哪怕她经常都是入睡的状态。

有一天，她从昏睡中醒过来。突然对我说，你知道吗，隔壁床的那个阿姨后来被诊断出肿瘤是恶性的，又做了一次手术，没成功。

她说，我很幸运。说完就闭上了眼睛。我看到她眼角的泪水。

我直愣愣地站在那里，拼命回想着那个阿姨笑容满面的样子。她那么好，那么好，却没办法安然地走到岁月尽头再选择降落。这多残忍！

最孤独的原来是死亡。

# 一米阳光

你会奋不顾身地喜欢一个人，纯粹到不需要感情来打底。她性子可爱就够了。

一般人的可爱只是可爱而已。她不同，她的存在令我生出一种想法，造物主令一类人存在，给她迷人的性格，定会让她同你相遇，太过相投的两个人总要比旁人多一点缘分。这是一种奇异的个体，靠上去会自发启动阳光模式。

生活里突如其来的忧郁太多，我们自然很乐意亲近阳光。

恰好，她的名字叫作阳。

我总是不吝啬对她的赞美，虽然也不需要对谁说。女性之间最高程度的赞誉是她好到会让你感慨不知道什么样的男人才配得上。

像是《红楼梦》里贾宝玉口中水做的骨头，流于无形，又温软清澈。

可真正相处起来，话又很少。偏偏我最不介意她的话少，反正每句都在心坎上，太多了，就无处安放了。

她瘦瘦小小，留一头很厚实的长发。内里韧性又不张扬，口中蹦出词语总是让人舒服。我们每次会面，都只相见，不道别。把相处当成一种仪式，这是定义长久的方式。似乎过于郑重其事，但除此之外，谁也没有更好的方法。

一段友谊的开始，大多以情谊为主干，但在相处过程中，有些会一直同主干保持平衡，为其加码增重。有些会衍生出许多旁支，可能并非你所愿，但个体的差异性，让我们不得不放任其滋长，比如偏执、嫉妒，这些单一的情感，一经放出，即便没有膨胀，也有摧毁主干的可能。

要打败这些，维系一段长久的感情，需要的不是两个性格都很好的个体，而是两个人的惺惺相惜。你带着欣赏的态度同一个人相处，要比带着厚重的感情给旁人造成压力融洽得多。

我最喜欢她身上的一面就是没有自卑感。说话的时候眼睛会笑，注视着你，清清爽爽，除了明媚，想象不出其他的词。后来，我见到她的父母，才知道原因。一个在温暖的氛围中长大的人，周身很难让人感受到阴郁，他们用各种语言告诉你，世界就是这样的，没有凶险，只有你想要的各种各样的光束，盖在身上，像被子一样。

我是时刻倔强着想要迸发的小火球，而她更像是一株绿植，自幼苗时期就散发出来要开花的姿态。

所幸她带着我，给我平和。

两个人在一起，总有时光老去的静谧感。一起去超市买零碎的事物，酸奶、干果、水果，慢吞吞地挑拣，过程冗杂烦琐，望着周围拥挤喧闹的人群，整颗心就慢了下来。晚上一起做饭，厨艺都不好，煮最简单的青菜肉丝面，把果蔬堆在透明玻璃盘里拌成沙拉，做出来的饭品相和味道都差强人意，两个人一起吃，却不觉得哪不好。饭后去街角的小公园，静坐，说很多的话，彼此近来的生活，共同看过的某本书，讨论对作者的看法，甚至是一部老电影，总会对某个场景有着共同的见解。

昏黄的灯光下，都是结伴散步的路人。有人唱荒腔走板的流行乐，调子跑了很远，追都追不回，他旁边的同伴忍不住笑。我们看着，也弯了唇角。

她是我生命中为数不多可以随时聊天的人，对我而言，更像是一种善意的恩赐。

有很多年，我都以为她是透明的。会在夜晚睡不着觉时听西域男孩的《My Love》，会遇到淡淡的喜欢，没来得及爱，初见两相悦。性子恬淡，不争不抢。一年又一年，没有很大的起伏。

她在我的眼中，始终是小小的样子，没有加速成长，也不拒绝外在的变化。气质也保持着少女时代的洁净、乖顺。

在面对不甚美好的事物的时候，也会有轻微的抱怨，而后就又平静地观察到另外的美好。

再没有人能够像她，总能轻易地发现美、接纳美。我总疑心她的眼底装了台照相机，不经意间就会"咔嚓"一下，摄入万物的美好。

她在医院工作，接触生命的衰败是常有的事情。起初她问过我，总要面对这样的不美好，是不是太过残忍。

可一份拯救美好的工作，本身就足够美了。我只能这么告诉她。

每次我生病，总要叨扰她。她从不烦，唯一的动作就是站在我身边，给我庇护。一个细弱的身影给你强大的力量时，总是让你格外感动。

我们俩，都是非必要不联系的性子，偶尔打个电话，都是累积了很多的想念。这样的方式给予我们彼此很多自由。

人各有风景，我们只需心照不宣。


我曾问过她想嫁什么样的人，她偏头思考了下，回答说，一个能听懂我说话的。

我想了想说，真巧，我也是。

我希望有个平实温暖的男子，给她懂得和守护。

我看着她这一路，向往着一切美好的事物，同时也学会着包容路途中的不美好，成长成坚韧的模样，足够通透，也足够明晰。

可我知道，她还是那米阳光，洒下就一直在那里照耀。

# 弹吉他的少年

在附近公园里看到一位弹吉他的大叔，白衬衣牛仔裤，中规中矩的装扮，头发迎着风，些微几缕竖起来，远远望去，倒有几分朗朗少年的味道。三月间的周末，公园里到处都是赏景的人，有孩子拿了比自己身躯还要庞大的风筝，费劲地想要把它放飞，跑了几步，依然不得要领，沮丧地呼唤家人，小嘴巴委屈地瘪了下，眼泪似是要落下来。他身边的另一块空地，被另一对孩子占领了，俩男童，剪着相似的锅盖头，举着羽毛球拍，两个人煞有介事地商量一番，而后才开始对打。无奈迫于身高压力，怎么也不能好好地接到一个球。却依旧乐此不疲，不停地捡球，开打，如此循环。

我站在那里，看着他们稚气的笑脸，生出一种蒙眬的感动。像是每个人都住在一个叫静好的世界里体味着所能感受到的快乐，欢愉、亲切、宁和，所有的词汇在这一刻不约而同地交织到一起。

你知道它很美丽，可你怎么都说不出它的美丽。对于人世的一切美好，像是始终带着一种敬畏感，靠近的刹那，即便明明没有热腾腾的温度，也还是觉出可爱。甚至于刹那间的可爱，都可以在脑海中拼凑成完整的画面。大概是因了不能时时置身于这样的氛围中，所以总有种难以名状的亲近感。

大叔正在唱《追梦人》。很老的歌，一开口，却像是所有的情绪都调配好，要跟它接洽似的。周围聚拢的人越来越多，可除了孩子，并无过多的喧哗声。安安静静地听，安安静静地坐在一旁，也有老人在阳光下打盹，金灿灿的。

唱到那句，青春无悔不死，永远的爱人。有不经意的停顿，不知是错觉，还是自以为是的情绪带动，敏锐地感受到空气里的哽咽，有咸湿的味道。

一度很喜欢这种弹吉他唱情歌的场景，随便调配一个动作，一个地点，带着漫不经心的闲适，完全就是一幅街景。打动人心不一定非要振聋发聩，细水长流有时候效果会更显著。

多年前遇到过一个想要学吉他的少年，他萌发这种心思的初衷早已不记得。只是他当时信誓旦旦的期许，至今让人印象深刻。在过分年轻的时候，不用担心年华太短的岁月，总是容易许下长久的誓言，无论是对待爱情还是理想。

我也是在那时候才懂得誓言并非是爱情的标配，它完全可以分裂出巨大的一部分让一个青春期的少年供养他的梦想。

以至于每次谈起时脸上都带着微笑，爱情不曾给予的，理想可以，所以我到现在都相信只要理想不死，心中的灯就不会灭之类的话，放在过高位置的东西，即便够不着，也完全可以拿来瞻仰。

后来他的吉他有没有学成，我不知道，那已经成了我生命里被分裂出去的、不用过问的东西，一如他这个人。

这一刻，让人感触的是，少年变成大叔，似乎带走的也只是一部分时间。有些东西一如唱歌哽咽时的那个颤音，瞬间就能调整过去，接下来还是完整的旋律。

《追梦人》唱完后，他起身离开。有年轻小伙，大概是他的同伴，接过吉他开始唱《董小姐》，这首红遍街头巷尾的歌带着过分的理想主义磁场，侃侃而谈着一种清澈纯真的喜欢，压低的调子有一种发不出音节的宣泄，却依旧是淡淡的伤感融化在最后一个尾音里。

这种细微的差别背后是年龄和时代，那些年的《追梦人》，这些年的《董小姐》。每个人在就不同的故事唱着不一样的调子，昨日之事我们谁都不追，却不代表谁都不挂怀。

也在地铁里遇到过以稚嫩的面庞用声音吐露沧桑的少年，似乎是背离了年龄和时代，执拗地唱自己的调子，是那首《把悲伤留给自己》。没有陈升的疲惫感，更多的是年轻的探寻，探寻里又多了一丝的无奈。

于是，他可以尽情地感慨把悲伤留给自己。

　　我也曾站在他的脚边听完，看着地铁里人来人往，擦肩的都是背影，谁也不曾记住谁的脸。一并忘记的，还有那些年，弹吉他的少年。

　　往日荣光，并没有返场。

# 遇见生活

去年四月，突然想要去看大海。于是坐火车，去厦门。对于一个自小在北方长大的孩子，心底里所有的远方似乎都指向南方，想起一个地方，就会幻化出一长串形容词，咸湿的、温柔的、糯软的……所有好的一切，都因为未曾抵达而显得分外郑重和情意绵绵。

面对面的两个人，若不是存了十分的爱意，很容易因为发觉对方一分的缺点，劈头盖脸把建起的并不牢稳的根基打破。

不单单对人，甚至于一件事物、一个地方都如此。所以很多美都根植于距离之间，可现实往往是一个阶段的意念总要强烈到你无法控制，在心口澎湃着，除了跟从，再没有多余的路途可选。

将近30个小时的火车，越过白天和黑夜，揉着黄昏睡去，枕着穿过车窗的太阳醒来，却不显得漫长，拿了本极其耐读的书，一页读下来，就耗费很多时间，但也容易犯困，靠这些打发空闲真是很好的选择。

从未单独有过这样长的旅程，对一切都带点新奇、肆无忌惮地发呆、神游。路过不知地界的低山丘陵区，油菜花开着大片大片的黄，好看得让人愿意在一个空间内，没有原则地，只为自然妥协和喜悦。

对面坐着一个中年男人，也许因为兴奋，尘封了一路的话匣子都被打开，不住地说很多话，起初像是自言自语，后来陆续地有近旁的乘客插话。

他穿卡其色的长袖外衫，面容方正，无特点，并不过分显眼。他问我来自哪里，我戒备地把话吞没在唇边，他看我不回答，愣怔了下，似乎明白了什么，而后温吞吞地笑笑，再度自言自语，说他的家乡在哪儿。

我听到那个地名的瞬间，抬头望着他。在这因为路途跌宕而显得异常拥挤的狭小车厢里，两个人因为来自同一个地方，自觉地把彼此归类为同伴。

即便对话依旧少，但不再那么刻意地维持在一个生疏区域内，且自发地使用了方言。这大约就是"他乡遇故知"的特殊感。

他告诉我，他回了一趟家，陪孩子待了两天，现在又要回来工作了，走的时候，真是舍不得。我问他，怎么不把孩子带在身边呢？

话一出口，就开始为自己的莽撞咂舌。一个异乡人在外的艰辛和颠沛，也许并不足以攒够能量给孩子一个安稳的家园。

他却并不避讳这个话题，话音似在嗓子里卡了半截儿，带着几分沙哑。他说，离家太远了，我就是个做小买卖的，在大学区附近盘了个小店卖些小吃，孩子跟着也受累，说不定哪天就回去了，不再出来了呢？

我看了看他，并不知道该怎么搭腔。这时，旁边一个年轻的女孩子探过头来，眼窝里都带着笑眯眯的味道，她说，大叔，你的小店开在哪儿啊，我刚考上厦门大学的研究生呢，说不定以后还可以去给你的小店帮忙呢。

两个人兴致勃勃地聊着天，我听着他们聊，大叔聊他的工作，他说他做的烤面筋是一绝，保证你吃了之后还想吃；女孩子回顾着考研这一年的辛酸，说到激动处还不时地用手比画着，偶尔冲我调皮地眨眨眼睛。

三个陌生人似是建立起了一个安全又温和的距离，兴之所至地说些话儿，或是不动声色地看窗外的景致。


蓦然想起几年前，彼时还是很年轻的女孩子，除了一腔傲气，再没有可以用来跟这个世界抗衡的东西，却又心心念念地觉得未来的某天，一定会具备与之平衡的能力，于是时不时地逼迫自己，也被生活逼迫。一旦对外界抱有理所当然的质疑，就很容易觉得委屈。尤其是，还在无止境的工作中。

认真算来，当时有点过于矫情，大学未毕业，生活都没铺展开，有亲人做后盾，可偏偏还要强说愁。在一座古巷里做兼职，那是家极具特色的小吃店，老板来自东北，一路打拼直到在大都市扎根。她也跟我们说她的经历，我惯常是听过就算。别人的成功自有她的道理，无需我们佐证，身为旁观者，也不需要过分地给予赞扬，毕竟每个人都有不同的归途。

喜欢一条路，走就是了。

直到我遇见L姐，那是一个能够在早上四点钟起床去送报，上午在超市收银下午在小吃店做帮厨的女人，她的眼睛很漂亮，眼皮层层叠叠蜿蜒成线，宛若盘山。我赞美过她，她笑，并不以为然，一串儿笑纹包裹在黑眼圈周围。

她不动声色地教过我很多东西，她做的家常菜很好吃，和她相处，很容易让人觉出生活的朴实。各自生活着，不用说话，一步步往前走就好。

她跟我聊起远在老家的女儿，她说孩子要读小学了，她说过完暑假一定要把孩子接过来住几天……

她没说一句想念，可言语间尽是了。

我依然是问着很傻气的问题，为什么不回老家工作呢？

她忙活着手上的事儿，头也没抬地说，老家哪有那么多的工作机会，也没有那么高的工资啊，趁年轻，多攒点钱，赶明儿孩子的学费就不愁了，就可以好好地跟她在一起了。

像是有了期盼，她兴奋地搓着手。我一直记得那个动作，一下一下的，仿佛眼前都跳动着生活的泥潭，晃啊晃……让人禁不住打了个寒战。

我觉得她是很漂亮的妈妈，仅此而已。

后来相处久了，发现她挺爱笑，哪怕好像很困，也带着软软的笑。某天晚上，我跟她交接班的时候，外面下了大雨，她没带伞。我把自己的雨伞拿给她，她推过，万一你下班的时候这雨还没停怎么办？

正在我俩推搡的时候，她转身回里间，拿了几个装垃圾的黑色大塑料袋，三两下，就把自己包裹严实了，只露出一双眼睛，冲我笑。

我看着她骑电动车，没入雨中，在那之前，还挥动着缠得严实的手臂向我招手。雨中的黑人慢慢远走，雨还在下……

突然觉得，除了是个漂亮的妈妈，她更是个漂亮的女人，没有戾气的，跟生活和平相容的拥有自我的底气的女人。


我在他们俩身上遇到近乎类似的生活，脚底都有艰辛，脸上又都有晴空。你怀抱一段旅程，无论是嘈杂还是平静，都要用心去收获风景。

火车到站的时候，我们分开，年轻的女孩叽叽喳喳地去奔赴开阔的新生活，中年男人试探着把电话号码留给她，他说，随时来吃饭，在这里，老乡就是亲人。

那一刻，突然有一种深切的感慨，那些途经生命的，并不一定都会走到物是人非，就像这一路的遇见，你小心翼翼地戒备，后来才发现，一切都是开阔的温情。


后来，兼职结束，我回学校读书，和L姐再无联系，一如火车上的他们。但我知道，他们都会在这一路的尽头，继续完好地生存。


这是生活教给我的，也有他们赋予的片段。

# 仿佛若有光

"如果有天我们湮没在人潮之中，庸碌一生，那是因为我们没有努力要活得丰盛。"黄碧云真是敏锐，借着那个叫叶细细的女子的口，诉说完了年轻的不动声色和矛盾撕裂。可明明对生命的要求只是简朴而已，越是简朴，越是低回。

包括她对许之行的爱意，也低回到无处安放。更何况对生命的要求有细微的不同都能造就人与人之间的无所适从。

有秉性的女子太多，不一定都会成为传奇。

我们也一样，只能淡淡地诉说着故事，没有跌宕起伏。

年龄大了，就开始不习惯在轰轰烈烈里扎堆了。见多了身边的奇女子，每个都热烈，也并未活到丰盛的年龄，但不妨碍她们继续努力着。气质独特，足够不世故地活着。

个性分明得像是《诗经》里那些用来形容女子婉约可爱的

诗句，都带了点光芒。"有美一人，清扬婉兮"是一束薄荷绿的清新；"巧笑倩兮，美目盼兮"是一束胭脂粉的柔媚；"所谓伊人，在水一方"则是一束浅浅的白光，透明无瑕。所有的光束合在一起，就有了无法言喻的明媚。

美好的女子都是有光的，不必太过耀眼，但那种柔软的光线一定会让人觉得舒适和缓。

她周身洋溢的就是这种碎碎的光圈，像是夜晚刚刚爬上柳梢的月亮，散着暖暖的熏香，伸手抓一把，手心里立刻有了淡淡的香氛。

我在月下听她讲家乡的故事，那个湘西小镇，有着诗样的风情、水样的温软，孕育出了像《边城》里的翠翠那样纯净自然的女子。想象这些的时候，仿佛就能看到苍山翠水间，靠在泊舟上的女孩子，黄昏的天边，泻下红彤彤的薄光。淡淡的清愁都有着顾长的韵脚。

微风吹过，她玫红色的裙摆打了一个旋。我看清上面绣的花纹，绵绵密密的针脚，栩栩如生的蝴蝶，在裙角舞动着翅膀，似动非动的精灵模样。我想起她说她喜欢民族风的衣服。原来，她真的能把这样的衣服演绎成一场无声的电影，这是属于她的特色，像是住进一场绮梦里，清新饱满，让人看着看着，突然就失了言语。

她的耳垂上，那枚孔雀耳坠，随着撩动的头发荡漾着。

我们絮絮地说着彼此的生活。我想要在古朴的小镇上开一家书吧，冬天白雪压过屋脊，可以靠在壁炉旁慢慢地看喜欢的书。夏天爬山虎挂满廊前，绿莹莹的时光提醒着每一个来往的人，岁月里那些富有生机的时刻。如果一定要给书吧起个名字，那就叫"遇见"，若你遇见，可以停下来歇歇脚。她说，若有一天，真的有了这样的书吧，一定要记得给她留个专座，她会煮好喝的下午茶，味蕾的触觉也可以带来生命的欢喜。我想，这样的欢喜，应该也是一簇一簇的吧，像花儿一样，聚拢在一起，开出了姹紫嫣红。

忆起春天的时候，光着脚站在海岸，听海浪拍击海面的声音，白色的长裙在海风中飞扬成一道摇摇欲坠的风景，整个人都像要裹进海风里游荡。我在海边写明信片给她，而后跑遍街边的小店寻找一份属于她的礼物。

惦念厚重，只能打造出这种专属。后来，她一个人站在纳木错的天空下，听着周遭闹腾的人声，热烈的欢喜或者清浅的惆怅，都释放开来。她说她在红色的经石上写下了自己的心愿，埋在错乱的经堆里。也许若干年后，还可以来寻。

她太果敢。我只能陪衬。

我甘愿陪衬。

一个干净的人，心中有晴空。

没有人不喜欢晴空。

# 送你的故事
## 还未讲完

他们的皮肤都偏黄、黯淡，没有孩童该有的白皙、细致。唯一出彩的就是那双眼睛，瞅着你时，真诚从不掩饰，滴溜溜的，就是要释放出来。

他们仰着脖子，围在我身边，问我要一个故事的结局。那是我在课堂上为了活跃气氛，即兴发挥的一个故事。我没有想过故事的走向，甚至不知道怎么就开了这个头。每节课也仅仅讲五分钟，充分动用了我小时候看过的一切童话，像山鲁佐德讲故事那样讲给他们听，只是我不知道是否能给他们讲够一千零一夜。

他们喜欢在午间休息的时候拽着我的胳膊撒娇，一水儿的小脑袋晃来晃去，说很多话，当地方言我并不熟悉，听得恍惚，但还是愉快地迎合。

有时候也会问，老师，你会永远待在这里吗？我稍微沉默，就有害羞的孩子低下头，不敢再开口了。敏感、怯懦、缺乏关爱，我在他们的身上都能看到。

过早独立，从不知道任性的滋味，性格直白天真，见人就羞怯，但又爱笑。我见过很多随心所欲就能把世界涂抹成彩色的孩子，对比起来，他们显得太过单一，却又让人没办法拒绝去爱。

起初到那样一个地方教书并不是心中所愿，但留下来之后又不止一次体会到坦然接受生活里的意外会让你有一种美妙的期待。生命纹路很长，邂逅不一样的跌宕，起初可能会让人惊慌，屏息平静之后，你总会发现体内蕴藏的能量。

那是南方的一个小村落，偏远贫瘠，有山环水绕的美，你若只为看景，每一处都是诗意。

可若要来讲一个长长的故事，难免就会触碰到荒凉。

学校没有空余的房间，校长安排我住在一间闲置的教师宿舍内，房子还算宽敞，只是角落里堆着粮食，显得空荡。我尽力拾掇着自己的小家，在裂了半边的窗户上贴上窗花，把带来的书整整齐齐地码放在桌子上。整理好一切已是夜深人静，打着手电筒出门，抬头就是星空。已经很多年没见过那么繁密的星河，站在那里，把左手环成望远镜的形状放在眼边抬头看天。止不住兴奋地给朋友打电话，我说我到了世外桃源。

确实有世外桃源的安然，也有荒野求生般的艰难。一整夜，周围"吱吱"的老鼠叫声都在助眠。我瑟缩在床脚，带着黏稠的想象力把以后的日子在脑海里过了个遍，想来想去都是恐慌。

有风吹过窗子，细微的响动都有了爆破力，在耳边不停地被放大。寥落的念头，都有了硕大的膨胀欲，尽力想要压制住，还是忍不住想起。之前也教学，在城市里，每一处都亮堂，翻开一页书，故事就会噼里啪啦地往外窜。一切都有节奏，井然有序地撑起每个日出日落。孩子们在我心底，都是太阳般的存在。我没想过会离开太阳，但我又总想去看看月亮。

所幸，我的月亮比想象中更温柔。

第二天，他们就自发地拿了灭鼠的器材来帮助我。几个孩子围在屋里，看着我被吓得跳脚的样子，吃吃地笑出了声，像是发现一件新鲜事叫嚷道：老师好胆小啊！

我冲着他们竖大拇指：是你们太勇敢！

是真的勇敢，明明是小小的人儿，却有了成年人的胆量。我亲眼看着他们手脚利索地把我屋子里的老鼠灭掉，然后再收拾得妥妥当当，临走还不忘冲我眨眼睛。

在几个孩子面前，我彻底败下阵来。

这些年自以为成熟的心思在他们简单的笑声里被碾碎，成熟对应成熟的世界，而简单只需要简单相伴。

我只能尽力把我的世界带给他们，语文、英语、数学，除了这些必备的课程之外，我还在黑板上画简笔画给他们，提前在网上找到图片，我照着画，而后他们跟着学。我带他们在学校外的田边跑步。他们总会由衷地夸赞，老师，你好棒，你怎么什么都会呢?

我只能略带惭愧地接受着他们的表扬,第一次为自己的普通感到羞愧。假如我掌握多一点知识,多一项技能,是不是就能教会他们更多呢?

周末的时候,一个人坐在外面的小河边看书。冬天,阳光暖得不彻底,落在肩膀上,些微的温度供人依赖,却只有那一点。

他们有时候会从家里来找我,带着水果糖、橘子,都是平常不舍得吃的。一个劲地往我手里塞,说道,老师,你吃。

那么暖的面孔,哪怕在十一月里,也有春风十里不如你的感动。

我接受着,却无法回馈,总是不坦然。

有一个下午,他们都放学之后,我在教室里做黑板报,班上最安静的小女孩开口说要留下来陪我一起。我俩对着一块黑板,涂涂画画,她说要画我的样子,我说要把班里所有同学都画上去。

在他们面前,我也不自觉地变回孩子,畅快地裸露着所有的情绪。

正高兴的时候,有老人突然冲进来,拿着棍子就打在小女孩身上。我冲上前去护住她,表明了身份后,老人才停下来,质问她为什么放学不回家。

我解释说是我要她留下来做黑板报。

看着小女孩羞怯又尴尬的眼神,冲着老人叫奶奶,我揽过她的肩膀，为我没有提前了解好状况感到后悔，为她承受的委屈感到难过。

一再给奶奶道歉，送她们出教室。而后才靠在门框上，整个人虚脱了。想要蹲下来，哭一场。

班上有四分之三的孩子都是留守儿童，常年跟着爷爷奶奶生活。爷爷奶奶年纪大了，且照顾的不止一个孩子，所以并不能给予周全的守护。

我批改作文时，里面写得最多的话题就是想念爸爸妈妈。起初我会逐字逐句地写批语，大多是安慰的话。

后来，我知道，没有实际行动的安慰最无力。

我开始在住处添置了新的杯子，嘱咐孩子们不要喝生水，把烧开的热水放置到温度刚刚好，端给他们。陪他们做游戏。偶尔去镇上的时候，会给他们带小礼物。

倘若没办法让他们的人生在阳光下照耀，就尽最大能力给他们一点温度。选择不了躲开黑暗的时候，就在黑暗里学会找到光源。

有一次，我在房檐下读《枕草子》，他们问我是什么。我就选了最简单的一节读给他们听：春，曙为最；夏则夜；秋则黄昏；冬则晨朝。正值冬寒，我就指着天边说，冬天的早晨是最美的。你看，每个黑暗的夜晚过去，就会迎来第二天的太阳。

他们似懂非懂，可还是睁大眼睛说了一句：老师，你别走。我看着他们认真的模样，咬了咬嘴唇，挤出了一丝难看的笑容。

　　六个月，我的交换教学旅程只有六个月。走的那天，特意告诉校长，趁着他们上课之前，天都还没亮，就要出发乘车。

　　可当我打开门的那瞬间，惊讶地看到齐刷刷的身影站了一片，班长手里捧了条围巾，哽咽地说全班同学攒钱买的。粉嫩粉嫩的颜色，生生地扎进了心里。

　　我很想大声地说一句，我不走了，就在这里一直陪着你们。可话到嘴边，还是咽了回去。我承认自己的胆怯和懦弱，无法用并不宽大的心守护他们。

　　能够留下的承诺就是告诉他们，我的手机号码一直不变。


　　给他们的故事终究也没有讲完。

　　到现在，还能收到他们发来的短信：老师，你讲故事给我听吧。

　　就当作念想吧！

　　有盼望的生活是好的，要一直有盼望呢。

　　我在风中，看你们向深处走……